ROLF ULRICI

Diane
ist nicht zimperlich

W. FISCHER-VERLAG · GÖTTINGEN

Illustriert von Erica Hempel

Dieser Sammelband enthält:

Diane aus dem Försterhaus

Diane wird Schützenkönigin

ISBN 3-439-79803-8

Gesamtherstellung: Fischer-Offset-Druck, Göttingen

Rolf Ulrici

Diane ist nicht zimperlich

Es ist soweit — die Ferien sind da! Endlich kann Diane der Schule in der Stadt den Rükken kehren. Sie fährt nach Hause, in den Wald, zu ihrer lustigen Familie, den vielen Tieren, zu Kuller-Bertel und dem Onkel Professor.

Auch ihre Freundin Sabine fährt mit. Bald hecken die Mädchen so manchen Streich miteinander aus; denn um Einfälle war Diane noch nie verlegen! So unternehmen die Mädchen einen nächtlichen Ausflug, lernen einen Spuk und die Glokkenmüllerin kennen.

Beim Schützenfest wird Diane Schützenkönigin und kommt ins Fernsehen. Sabine aber lernt eine neue Welt kennen und bekommt einen Onkel!

Inhalt

Willkommen auf Eichenforst

„Nur noch um die Biegung", sagte Diane zu ihrer Freundin Sabine, „dann können wir Eichenforst schon sehen!"

„Nur noch um die Biegung!" wiederholte Sabine seufzend. „Wenn ich das glauben könnte! Der ganze Weg von der Bahn bis hierher bestand aus Biegung."

Diane lachte. „Siehst du, Sabine? Hier draußen bin ich dir über! Jetzt gleicht sich's aus! Wie oft hast du mich verspottet, wenn ich mich in der Stadt nicht zurechtfand! ‚Waldpflanze' hat mich die Klasse genannt, nur weil ich im Forsthaus aufgewachsen bin. Und nun zeigt sich . . ."

„. . . deine Freundin Sabine als Stadtpflanze, willst du sagen", unterbrach die andere. „Sehr nett von dir! Au . . .! Ich glaub, ich hab einen Stein im Schuh!"

„Das macht dem Stein nichts aus", meinte Diane.

„Und Durst hab ich auch", jammerte Sabine. „Wenn ich gewußt hätte, wie weit und steil der Weg ist, hätt ich doch lieber auf euren Wagen gewartet."

Die Mädchen hatten beim Umsteigen einen verspäteten Zug erwischt, der sie früher — also vor dem fahrplanmäßigen — hergebracht hatte. Deshalb war der Geländewagen der Försterei noch nicht zur Stelle gewesen. Aber Diane brannte vor Ungeduld, nach Hause zu kommen. Kurzentschlossen hatte sie das Gepäck dem Stationsleiter zur Aufbewahrung überlassen und ihre Freundin ins Schlepptau genommen.

Vor einer Viertelstunde waren sie von der Straße abgebogen. Jetzt schnauften sie einen steilen Waldweg empor.

„Vielleicht sollten wir doch wieder zur Straße runter?" überlegte Sabine hoffnungsvoll. „Da würden wir eurem Wagen begegnen!"

„Zu spät!" entgegnete Diane lachend. „Hast du das Motorbrummen nicht gehört? Vor zwei Minuten ist da ein Auto in Richtung Bahn gefahren. Das war er! Sicher mit Tom am Steuer! Na, mein Bruder wird Augen machen, wenn ihm der Stationsleiter weder Schwester noch Freundin, sondern nur eine Menge Gepäck übergibt!"

„Und wir geistern hier durch den Wald", ächzte Sabine. Sie tat, als sei es Mitternacht, als brächen die Sonnenstrahlen nicht wie goldene Lanzen durch das Blattwerk und als ginge es nicht den langersehnten Sommerferien entgegen. Dabei hatte sie schon monatelang davon geträumt, mit ihrer besten Freundin Diane bei deren Eltern im Forsthaus wohnen zu dürfen . . .

Diane war in der Stadtschule ein beneideter Ausnahmefall. Bis zu ihrem zehnten Lebensjahr hatte sie wie eine kleine „Diana", wie eine Jagdgöttin im abenteuerlichen Eichenwald „geherrscht", unterrichtet von einem alten Lehrer, der schon des Vaters Lehrer gewesen war und den alle nur „Professor" nannten. Einen gescheiteren und besseren Lehrer konnte man sich gar nicht vorstellen. Dennoch mußte die „Eichenwaldgöttin" eines Tages von ihrer hohen Warte herabsteigen, eine Prüfung ablegen und in eine ganz gewöhnliche Stadtschule gehen. So wollte es die Behörde. Anfangs hatte Diane schreckliches Heimweh gehabt. Die Tante und der Onkel, bei denen sie wohnte, konnten ihr die Eltern nicht ersetzen. Die Stadtwohnung war kein Forsthaus. Und die Busse und Autos waren eben keine Hirsche und Rehe.

Aber die Freundschaft mit der lebhaften, schwarzhaarigen Sabine hatte ihr immer Gelegenheit gegeben, vom

Wald und ihrem Heim „Eichenforst" zu erzählen, von ihren Eltern, von den Brüdern Tom und Ulrich, vom riesigen Haumeister Buchmann, vom alten Hauslehrer (dem Onkel Professor), von der Wirtschafterin Kuller-Bertel (die so hieß, weil sie rundlich war und von früh bis spät eifrig zwischen Küche, Garten, Eßzimmer, Vorratskammer, Waschküche und anderen Räumen hin und her „kullerte") — na, und natürlich von den vielen Tieren des Forsthauses, des Forsthofs und des Waldes ... Diese Erzählungen hatten Sabine so begeistert, daß sie es bei ihrer Mutter erreicht hatte, die Sommerferien mit Diane zusammen auf Eichenforst verleben zu dürfen. Im Forsthaus war jeder willkommen, vor allem die beste Freundin von Diane, ohne die Eichenforst nicht denkbar war, wenigstens nicht für seine Bewohner ...

„Ich hab mir das alles anders vorgestellt", maulte Sabine. „Ich dachte, wir würden mit einem Jagdwagen abgeholt werden, einem Jagdwagen mit einem Kutscher auf dem Bock und zwei Pferden davor ..."

„... die Radspeichen vergoldet, die Sitze mit rotem Samt bespannt — und am Straßenrand eine jubelnde Volksmenge", vollendete Diane lachend. „Vielleicht dachtest du auch, die Rehe kämen mir entgegengehopst und riefen mich beim Namen! Nein, nein! Wir sind hier nicht im Märchen. Wir sind ..."

In diesem Augenblick sahen sie die Försterei Eichenforst auf der Höhe.

Aufatmend blieb Sabine stehen. Ihre Augen begannen zu glänzen. Nein, ein Märchen war das nicht! Zum Glück nicht! Es war die reine Wirklichkeit, genau, wie Diane sie ihr immer wieder geschildert hatte:

Breit über den Berggipfel gelagert, erstreckte sich das Anwesen mit den Haupt- und Nebengebäuden. Davor war ein weiter, freier Platz, auf dem sonderbarerweise keine Eichen, sondern eine Buche stand.

„Ja, das ist sie!" erklärte Diane. „Die Trotzbuche! Steht sie nicht da, wie den Eichen zum Trotz? So, als wollte sie sagen: ‚Auch wenn ihr in der Überzahl seid, kommt nur her! Ich nehm's schon mit euch auf!'"

Sabine vergaß ihre Müdigkeit. Sie kringelte sich vor Lachen. Der Gedanke, die Eichen ringsum würden mit ihren Wurzeln aus dem Boden steigen, das Erdreich abschütteln und auf die Buche zuschreiten, war sehr komisch! Vor allem, wenn man sich darüber hinaus noch einen Ringkampf zwischen den Astarmen und das Ächzen der Zweige vorstellte. Als sie das sagte, rief Diane:

„Sabine, du bist unverbesserlich: Wenn deine Füße so mit dir durchgehen würden wie deine Phantasie, wärest du längst oben!"

Die trotzige Buche hatte eine recht gemütliche Bank rings um den dicken Stamm.

Endlich angelangt, setzte sich Sabine mit einem tüchtigen Schnaufer darauf. Sie kam sich wieder sehr klug vor, als sie verkündete:

„Buchen soll man suchen!"

„Mehr fällt Stadtkindern nicht ein, wenn sie eine Buche sehen", stichelte Diane. „Vorausgesetzt, daß sie die Buche auch erkennen! Ich such unterdessen die Bevölkerung. Du mußt nämlich wissen, daß hier noch so viele Leute sein können — es wirkt immer wie verlassen!"

Bei der Größe des Anwesens war das kein Wunder. Hier oben — weit vom Dorf entfernt — mußte von der eigenen Wirtschaft gelebt werden.

Plötzlich rief Diane:

„Mutti! He, hallooo . . .!!!"

Dianes Stimme hatte eine sonderbare Wirkung. Nicht die Mutter antwortete, sondern ein Konzert von Tierstimmen.

„Wau, waff, wau, wau, waff", erklang es aus dem Hundezwinger hinter den Scheunen.

„Das sind unsere Jagdhunde Harras und Wacker!" sagte Diane. „Und wenn die bellen, gackern die Hühner, schnattern die Enten und Gänse. Natürlich blöken dann auch die Kälber im Stall — und die Karrenliese wiehert. Das übliche Begrüßungskonzert. Fehlt nur noch Rauhbautz, der Dackel. Der ist der frechste. Und wenn der nicht auf mich zukommt und die anderen im Zwinger sind, ist Vater bestimmt mit ihm im Revier. Bei kleineren Gängen nimmt er nur den Dackel mit."

Frau Bruck, Dianes Mutter, war gerade auf dem Wäscheplatz gewesen. Jetzt kam sie so schnell herbeigeeilt, als sei sie nicht viel älter als Diane.

„Ja, Kinder, wo kommt ihr so früh schon her?“ rief sie, indem sie Diane umarmte. „Wir haben euch später erwartet! Der Wagen ist eben erst zur Station!“

„Wir hatten Glück mit dem Zuganschluß“, erklärte Diane. „Pech für meine Freundin! Die wäre lieber in einer Staatskutsche heraufgefahren!“

Sabine hatte sich ein wenig schüchtern genähert.

„Nun mal ran!“ sagte Diane. „Mutti beißt nicht, obwohl sie ihr Lebelang mehr mit Tieren zu tun hatte als mit Menschen!“

„Besonders mit dir, du freches Küken“, lächelte Frau Bruck. „Also das ist Sabine!? Freut mich, Dianes beste Freundin kennenzulernen. Herzlich willkommen, mein Kind! Auf Eichenforst gehörst du zur Familie!“

Sabine strahlte. Alle Schüchternheit fiel von ihr ab. „Familie“ hatte Frau Bruck gesagt ... Das klang ihr wohl in den Ohren. Denn Sabine hatte eine Mutter, die sie sehr liebte, aber keinen Vater mehr — und auch sonst keinen Anverwandten in Deutschland.

„Na, dann bin ich ja deine Ferienschwester“, lachte Diane. „Aber Vorsicht! Schwestern kabbeln sich meistens, und ich möchte über meiner sogenannten Schwester nicht meine beste Freundin verlieren!“

„Du kommst dir wohl sehr schlau vor“, sagte Frau Bruck. „Nimm's doch lieber von einer besseren Seite: ‚Doppelt gemoppelt hält besser!‘“

Diane und Sabine warfen sich einen lustigen Blick zu: Sie würden sich schon vertragen — ob einfach oder doppelt gemoppelt!

Drillinge sind keine Babys

„So“, sagte Frau Bruck. „Jetzt zeig deiner Freundin das Haus, Diane. Wenn das Gepäck hier ist, könnt ihr baden; inzwischen schaut Kuller-Bertel noch mal nach Bettwäsche und Handtüchern, und ich decke auf der Veranda den Kaffeetisch. Dort finden wir uns alle um vier Uhr zusammen — vom Vater und dem Onkel Professor angefangen bis herab zum Haumeister Buchmann!“

„Herab ist gut!“ amüsierte sich Diane. „Wo Buchmann so groß und breit ist, daß er kaum durch die Tür paßt!“

„Haumeister?“ fragte Sabine verwundert.

„Hab ich dir nicht schon von ihm erzählt? Na ja. Gewöhnlich heißt er nur Buchmann. Seinen Vornamen will er nicht hören, der kommt ihm zu komisch vor: Bombastus!“

„Haumeister ist aber auch komisch“, meinte Sabine. „Klingt fast, als sei er angestellt, die Leute zu verhauen!“

„Nein! Das würd ich mir schon verbitten!“ sagte Diane lachend. „Haumeister ist so was wie Meister der Waldarbeiter und der Holzfäller. Müßte eigentlich Waldmeister heißen — aber dann würde man ihn mit der Pflanze, mit einer Likörmarke oder mit einer Bowle verwechseln!“

Die Mädchen waren ins Haus gegangen und standen nun im Allerheiligsten des Forstmeisters.

So ein Zimmer hatte Sabine noch niemals gesehen! Es war holzgetäfelt, hatte einen Geweih-Kronleuchter, Schränke mit den sonderbarsten Messern, Pistolen und Silberkrügen; Bocksgehörne bedeckten die Wände wie lauter Garderobenhaken, sogar die Lehne des Schreibtischsessels war kunstvoll aus Hirschgeweihstücken zusammengesetzt. Und jedes Bild zeigte eine Jagdszene: Da sah man springende Hirsche, durchs Unterholz brechende Sauen, Hunde mit Enten und Wildhühnern im Fang ... Alles, überhaupt alles in diesem Zimmer erinnerte an den Wald und die Tiere. Sogar ein paar seltsame Blasinstrumente in der Ecke.

„Natürlich auch nur für die Jagd, nicht für eine Musikkapelle", sagte Diane.

„Und das ist das Arbeitszimmer deines Vaters?" fragte Sabine staunend.

Diane stieß einen Schrei aus: „Arbeitszimmer! Hahaha! Das wäre, als wollte ein moderner König den ganzen Tag auf seinem Königsthron sitzen! Es ist das Jagdzimmer, also eine Art Museum, und es wird nur benutzt, wenn hoher Besuch da ist. Zum Beispiel, wenn der Forstrat kommt — oder irgend jemand vom Ministerium. Das Arbeitszimmer ist gleich über den Flur ..."

Das Arbeitszimmer war allerdings eine große Enttäuschung: Es wirkte wie ein ganz gewöhnliches Büro. Sabine sah ein paar Aktenschränke, einen modernen Schreibtisch mit Telefon und Schreibmaschine, einfache Stühle und Bänke und ein Gestell mit furchtbar vielen Fachbüchern. Wäre da nicht ein junger Mann in einer schmucken, grünen Uniform gewesen, hätte sie nicht geglaubt, in einem Forsthaus zu sein.

„Ha, Prinz Kuckuck ist hier!" rief Diane. Der junge Forstassistent lachte und gab dem Mädchen kameradschaftlich die Hand.

„Also, da bist du wieder, Diane", sagte er. „Na, vergräm mir bloß nicht das Wild im Revier! Du mußt nämlich wissen", wandte er sich an Sabine, „an Stücke Wild sind wir gewöhnt, aber das wildeste Stück ist immer ..."

„Halt, halt, halt", rief Diane. „Das ist nicht vornehm, Prinz Kuckuck! Erst mal vorstellen: Meine Freundin Sabine — Herr Forstassistent Kuzuk, genannt Kuckuck, und weil er sich immer zu fein für den Aktenkram ist — Prinz Kuckuck!"

„Auch nicht vornehm!" sagte Prinz Kuckuck und lächelte. „Gleich mit meinen Schwächen anzufangen! Nun — irgend jemand muß ja das Bürozeug erledigen, Meldungen, Aufträge, Protokolle, ich hab mich längst darein geschickt. Und wer selber mal Förster werden will, muß sich eine tüchtige Weile am Schreibtisch schinden. Ich komme mir manchmal wie ein Kammerjäger vor!"

Sabine sah sich um.

„Was ist denn da in dem Einbauschrank mit den beiden Sicherheitsschlössern?"

„Doppelflinten, Büchsflinten, Doppelbüchsen, Bockbüchsflinten, Bockdoppelflinten und Drillinge", sagte Prinz Kuckuck.

„Drillinge?"

Der junge Forstassistent lachte. „Du mußt dich daran gewöhnen, daß viele Wörter bei uns einen anderen Sinn haben. Mit ‚Drillingen' sind hier keine Babys gemeint, sondern dreiläufige Gewehre. Und ‚Gewehre' heißen außerdem die Zähne eines Ebers. ‚Abklingeln' hat nichts mit Läuten zu tun, es ist ein Ausdruck bei der Feldjagd. ‚Lappenjagd' ist keine Jagd auf Topflappen, sondern eine gekennzeichnete Grenze für die Jäger. Und ‚Abwurfstangen' sind nicht etwa Speere; es sind die von den Hirschen abgestoßenen Geweihe. ‚Anstand' ist nicht Höflichkeit! Unter ‚Anstand' versteht man das Warten auf Wild von einem besonderen Sitz aus! ‚Ansprechen' hat nichts mit Unterhaltung zu tun. Anspruch ist ein jägerisches Erkennungszeichen. Ein Bruch ist kein Beinbruch, er kann ein Warnzeichen, ein Fährtenzeichen sein. Es gibt sogar neun Brüche ..."

„Hören Sie auf!" rief Sabine. „Wer soll das lernen?"

„Prinz Kuckuck hat's zum Beispiel gelernt", sagte Diane. „Und ich weiß natürlich auch so manches. Eine ‚Strecke' bedeutet bei uns keine Eisenbahnstrecke, sondern die Reihe des Wildes, das nach der Jagd vor dem Forstgehöft ausgelegt wird. Und schließlich ist eine ‚Decke' keine Tischdecke, sondern ein Fell!"

„Also, jetzt weiß ich wenigstens, was Jägerlatein ist", meinte Sabine. „Mit dieser ulkigen Sprache komm ich nie zurecht!"

„Hoho", mischte sich Prinz Kuckuck ein. „Jägerlatein lernst du eher als die Jägersprache. Jägerlatein bedeutet schlicht und einfach: Aufschneiden, Lügen, Prahlen. Die Jägersprache dagegen ist eine Kunstsprache, die aus mehr als fünftausend Wörtern besteht."

„Wauwauwauwau ...", erscholl es wir zur Bekräftigung von der Tür her. Im nächsten Moment wirbelte etwas Graubraunes um Diane herum. Das war der Dackel Rauhbautz, und er zeigte an, daß der Herrscher des Waldes zurückgekehrt war.

„Vater!" schrie Diane begeistert. Herr Bruck packte seine Tochter bei den Schultern und hob sie hoch.

„Wie ist dein Zeugnis?" fragte er scheinbar streng.

„Gut!" Diane lachte.

„Glück gehabt", sagte Herr Bruck. „Sonst hätte ich dich mal vertrimmt wie den frechen Rauhbautz vorhin ..." Er stellte Diane auf den Boden, so leicht, als wäre sie eine Strohpuppe und kein zwölfjähriges Mädchen. Dann wandte er sich Sabine zu.

„Und was ist das für ein Reh? Hat schöne Lichter, haha. So nennt man in der Jägersprache die Augen!"

„Von der Jägersprache scheint die junge Dame einstweilen genug zu haben", sagte Prinz Kuckuck lächelnd.

Herr Bruck gab Sabine die Hand und sah sie prüfend an. Er war ein Mann, der aus seinem Herzen keine Mördergrube machte.

„Na, die lob ich mir! Sieht gescheit aus! Ich ernenne sie zum Ehrengast. So. Bis nachher, zum Kaffee! Ich glaube, Kuller-Bertel wartet in eurem Zimmer, und der Wagen mit dem Gepäck ist auch schon da!"

Kaffeetrinken mit Geplänkel

In der Halle standen Dianes Brüder: der achtzehnjährige Tom und der fünfzehnjährige Ulrich. Beide waren mit dem Geländewagen von der Bahn gekommen und hatten das Gepäck der Mädchen gebracht.

„Na, so was!" rief Tom in scheinbarer Entrüstung. „Da empfängt uns der Stationsleiter mit breitem Grinsen und sagt: ‚Eine kostenlose Fuhre gefällig: hier ist das Gepäck!'"

„Sind wir eure Möbelpacker?" fragte Ulrich. „Ihr habt ja die reinsten Kofferschränke mitgebracht!"

„Na, nun übertreib mal nicht so!" sagte Diane. „Siehst du, Sabine, das ist Jägerlatein! Je kleiner der Jäger, desto größer seine Klappe!"

Sabine, die keine Geschwister hatte, wunderte sich über diesen Ton. Da warf Diane dem Bruder eine hübsche Frechheit an den Kopf — und der ärgerte sich noch nicht einmal!

Ungezwungen gab er Sabine die Hand. „Du bist also Dianes Freundin! Hast bestimmt Geduld für zwei, Sabine — daß du mit diesem Biest da auskommen kannst!"

„Für das ‚Biest' trägst du mir und Sabine jetzt die Koffer rauf", befahl Diane.

„Ich schließe mich an", erklärte Tom höflich. „Aber nicht für das ‚Biest', sondern für Sabine!"

In Dianes geräumigem Erkerzimmer, das nun für zwei Personen eingerichtet worden war, empfing sie die Wirtschafterin Kuller-Bertel.

Die freundliche Frau war rein närrisch vor Freude.

„Bist ja gewachsen in der Stadt! Nur ein bißchen blaß siehst du aus! Na, wir kriegen dich schon wieder hin!" Sie betrachtete die Freundin. „Ach, die ist ja noch blasser! Und sie könnte bei den Mahlzeiten doppelte Portionen vertragen! Macht nichts, macht nichts, auch die kriegen wir hin!"

Kuller-Bertel war Sabine genauso sympathisch wie alle, die sie bisher gesehen hatte. Nur vor dem Onkel Professor und dem Haumeister fürchtete sie sich noch ein wenig.

Duschen, umziehen, Kaffeetrinken . . .

Aber als die Mädchen auf die Veranda traten, waren der Forstmeister und der Professor noch nicht da.

„Die ziehen sich auch um, sie haben einen anstrengenden Fußmarsch hinter sich", erklärte Frau Bruck. „Mach nicht so ein feierliches Gesicht, Sabine. Der Professor ist zwar ein Lehrer, hier aber nur noch Sonntagslehrer. Früher war er streng. Dianes Vater ist schon bei ihm zur Schule gegangen. Er war sein Lieblingsschüler, weil er sich von kleinauf für Tiere und Pflanzen interessierte und deshalb in den naturkundlichen Fächern immer glänzte. Die beiden haben sich später, als mein Mann studierte, angefreundet. Der alte Herr steht ganz allein in der Welt, seit sein Bruder in Amerika verschollen ist. Und als er wegen einer Krankheit den Schuldienst aufgeben mußte, haben wir ihn zu uns geholt. Er hat unsere drei Kinder unterrichtet und hilft meinem Mann bei dem verhaßten Bürokram."

„Und hat es genauso gemacht wie alle anderen Menschen auf Eichenforst", sagte Tom und zwinkerte seiner Schwester spitzbübisch zu. „Uns Jungen hat er tüchtig gezwiebelt und uns keinen Pardon gegeben, wenn wir etwas ausgefressen hatten. Diane dagegen wurde restlos verzogen."

„Das glaubst du ja selber nicht", unterbrach ihn seine Schwester.

„Aber da kommt er schon mit Vater!" Und sie stellte vor: „Meine Freundin Sabine. Der einst so gestrenge Professor, der sich jahrelang mit meiner Dummheit herumgeschlagen hat."

Der Lehrer begrüßte die Mädchen sehr herzlich und lachte über Dianes Scherz.

Sie setzten sich alle miteinander an den üppig gedeckten Kaffeetisch.

„Nun, Sabine", fragte der Forstmeister, „gefällt es dir auf Eichenforst?"

„Wird ihr wohl nichts anderes übrigbleiben", antwortete Ulrich an Stelle von Sabine, die noch ein wenig zaghaft um sich schaute, weil sie an solchen Trubel nicht gewöhnt war. Aber es gefiel ihr, wie einer immer den anderen neckte und wie glücklich dabei alle waren, endlich wieder zusammen zu sein.

Der Professor hatte sich neben Sabine gesetzt und betrachtete sie. Ein nettes Ding — dachte er —, wahrscheinlich das ganze Gegenteil, aber auch die beste Ergänzung unserer Diane.

„Wann fangen wir denn nun mit unseren Waldspaziergängen an?" fragte er.

„Morgen früh, Onkel Professor", antwortete Diane sofort. „Um sechs doch — wie immer!"

„Wird Sabine dann schon wach sein?"

„Klar! Sabine, wir drei gehen zusammen in den Wald. Onkel Professor kennt alle Vögel, sogar schon an den Stimmen. Und er zeigt uns Pflanzen, die du noch gar nicht beachtet hast! Das Wild zeigt uns Vati, der ist dafür zuständig. Und wenn wir wieder zur Schule gehen, wirst du in den Stunden vom alten Vogt eine Leuchte sein."

„Wie du!" Jetzt tat Sabine endlich mal den Mund auf, und sie berichtete, stolz auf die Freundin: „Diane weiß alles, was in Naturkunde gefragt wird. Da können wir anderen nicht mit. Und im Turnen genauso. Deshalb ist sie in der Klasse eine ganz große Nummer."

„So war es aber nicht immer", fiel Diane ihr ins Wort. „Wenn ihr wüßtet, wie oft die mich ausgelacht haben, weil ich im Stadtbus nicht gleich etwas vom Zahlautomaten wußte oder weil ich noch nie im Selbstbedienungsladen gewesen war. Und . . ."

„Au wei, da hätte ich dich mal sehen mögen", sagte Ulrich. „Muß ein komischer Anblick gewesen sein!"

„So", unterbrach Frau Bruck das Geplänkel. „Jetzt müssen die Mädchen ihre Sachen auspacken. Dann können sie weiter im Haus herumwandern. Pünktlich um sieben gibt es Abendbrot! Und noch eins: Morgen früh schlaft ihr erst einmal aus! Wenn der Professor euch auf seine Waldspaziergänge mitnehmen will, dann reicht es, wenn ihr übermorgen loszieht. Die ganzen langen Ferien liegen vor euch. Nicht wahr, Herr Professor?"

Der alte Herr nickte lächelnd. — Als Sabine dann noch den riesigen, weißbärtigen, aber um so gutmütigeren Haumeister gesehen hatte, war sie vollends zufrieden. Wenn dieser Bursche jemanden „verhaute", dann allerhöchstens Feinde. Seine Freunde konnten um so sicherer sein.

Wenn Sabine morgens aufwachte, hörte sie Hühnergegacker und Gänsegezeter. Im Stall brüllte eine Kuh. Hunde kläfften. In der Ferne tuckerte ein Motor. Alles war schon lebendig im Forsthaus!

Auch Diane! Sie trug gewöhnlich die Schuld an Sabines zeitigem Aufwachen. Entweder prustete sie am Waschbecken besonders laut oder sie trällerte ein Lied vor sich hin, oder — wenn sonst nichts half — sie ließ die Haarbürste auf die Erde fallen. Mit Gewalt wecken — mit einem nassen Schwamm oder durch Rütteln — war nicht gestattet. Das hatte ihr die Mutter ausdrücklich verboten. Natürlich durchschaute Sabine die kleinen Listen der Freundin. Wenn die Forstmeisterin aber fragte: „Schon wach, Sabine? Hat Diane wirklich nicht nachgeholfen?“, dann schüttelte sie energisch den Kopf.

Und es war ja herrlich, morgens in den Wald hineinzuwandern. Die Sonnenstrahlen fielen schräg durch die Baumkronen. Es war noch kühl, und die Freundinnen zogen oft fröstelnd die Wolljacken zusammen.

Der Professor zeigte ihnen seltene Pflanzen, zum Beispiel die unscheinbare bläßliche Nestwurz, die erstaunlicherweise mit den wunderbaren Orchideen verwandt war — oder den Bärlapp, der auch Schlangenmoos genannt wird, weil er sich am Boden hinwindet, und der so viel für Girlanden und Kränze verwendet wurde, daß man ihn eines Tages unter Naturschutz stellen mußte, um ihn zu erhalten. Oder er erzählte von Heilpflanzen und von allerlei Aberglauben, dann wieder lustige Geschichten, die er gehört oder erlebt hatte — von seinen weiten Reisen, die er als junger Mensch in vielen Ländern gemacht hatte.

Es wurde den Freundinnen nie langweilig bei diesen Morgenwanderungen.

Zu Hause stand dann der Kaffeetisch bereit, an dem die ganze Forsthausfamilie wieder zusammentraf.

Diane trifft ins Schwarze

Eines Morgens machte weder der Forstmeister noch der Professor seine Anforderungen geltend; sondern Haumeister Buchmann.

„He, Diane", knurrte er bärbeißig. „Will sehen, ob du deinem Namen noch Ehre machst. Hier ist der Bogen und hier ist die Scheibe! Hoffe, du wirst ins Schwarze treffen, und zwar punktgenau in die Mitte! Oder hast du das in der Stadtschule verlernt?"

Sabine verschluckte sich beinahe an ihrem Kakao. Sie mußte schrecklich lachen. „Ob sie's verlernt hat, weiß ich nicht!" rief sie. „Aber lernen tut man Flitzbogenschießen in der Klasse kaum! Jedenfalls unter gar keinen Umständen mit so einem Monstrum!"

Diane lachte auch. Es gefiel ihr, daß die Freundin den riesigen Buchmann unbefangen und fröhlich ansprach, denn so liebte es der gutmütige Haumeister. Das Ding in seinen Pranken war keineswegs als Waffe gedacht, sondern als Sportgerät.

Herr Buchmann hatte es Diane einst mit viel Sorgfalt und Liebe angefertigt, denn — und das war seine ständige Rede:

„Diane kommt von ‚Diana', das ist die römische Göttin der Jagd. Wenn du schon so heißt, mußt du dich ein bißchen danach richten!"

Unter „ein bißchen" wollte er verstanden wissen, daß Diane nicht etwa richtig jagen ginge — womöglich etwa wildern! Nein, sie sollte nur eben als Diana auf sportliche Weise erkennbar sein.

Also hatte er ihr das Scheibenschießen beigebracht.

„Tja, Herr Buchmann, was ist aber, wenn ich mich blamiere?" fragte Diane. „In letzter Zeit hab ich nur immer den Kugelschreiber oder den Füller in der Hand gehabt! Die Scheibe zu verfehlen, kann ich Ihnen doch nicht antun!"

„Wehe dir!" Herr Buchmann schmunzelte. „Aber was man gelernt hat, das verlernt man nicht; man kommt höchstens etwas aus der Übung! Oder willst du dich drücken?"

Diane sprang auf.

„Ich? Wozu bin ich Vaters Tochter! Auf Eichenforst hab ich mich noch nie vor irgendwem oder irgendwas gedrückt! Also los! Kommst du mit, Sabine?"

„Klar! Ich muß nur sicher sein, daß ich die Zielscheibe nicht zu halten brauche — oder daß mir Herr Buchmann nicht etwa einen Apfel auf den Kopf legt, den du treffen sollst!"

Der Haumeister schritt mit den beiden Mädchen über den Hof.

„Das mit dem Apfel ist übrigens kein Witz", sagte er zu Sabine. „Du glaubst vielleicht, du hättest da einen wunderbaren Scherz gemacht, aber man möchte es nicht für möglich halten: Dumme Jungen probieren das immer wieder aus und schießen einander sogar gelegentlich aus Versehen ins Auge." Er schüttelte den Kopf und fuhr ärgerlich fort: „Der Friedrich Schiller ist'n großer Dichter gewesen, weiß der Himmel! Aber bei der Geschichte mit dem Apfelschuß vom Kopf des kleinen Tell — nein, da hat er wohl nicht bedacht, wie viele das nachmachen könnten! Darum hab ich Goethe lieber, der hat nicht so'n Unsinn geschrieben und aufs Theater gebracht!"

Sabine prustete laut heraus.

Buchmann blieb stehen.

„Mädel!" grinste er. „Wenn du jetzt 'n Junge wärst, dann würd ich dir die Ohren langziehen. Willst mich wohl veräppeln?"

Da kreischten die Mädchen laut auf.

„Natürlich, Herr Buchmann! Klar, Sabine will Sie veräppeln! Merken Sie es nicht? Mit dem Appel vom Wilhelm Tell!"

„Ach so!" Herr Buchmann lachte mit einer Stimme, die wie aus tiefem Keller kam. „Da hat sie recht, und ich hab nicht aufgepaßt!"

Unter vielerlei Ermahnungen befestigte der Haumeister die schwere, mehrfarbige hölzerne Zielscheibe an der Scheunenwand.

„Hier ist der Bogen, Diane. Wirst sehen, gepflegt und justiert, also zielsicher aus- und eingerichtet wie am ersten Tag, die Pfeile sind spitz und gerade, Seitenwind herrscht nicht! Ich bitte um den ersten Volltreffer!" Herr Buchmann runzelte die Stirn. „Na? Magst nicht? Warum setzt du ab?"

„Weil der Pfeil längst in der Scheibe steckt!" sagte Diane.

„Und ich dachte, das Ding ist versehentlich losgegangen!" rief der Haumeister. „Du warst so schnell — nein, das ist doch wohl . . ." Er starrte zur Scheibe. „Nicht möglich!" Er unterbrach sich und lief auf die Scheunenwand zu. „Hurra!" schrie er begeistert. „Wenn ich nicht wüßte, daß ich vorher keinen Pfeil in die Mitte der Scheibe gesteckt habe, würde ich diesen Schuß für unglaublich halten! Die Mitte, wie mit dem Zirkel gestochen!"

Diane reichte ihm den Bogen zurück. „Also mach ich meinem Namen immer noch Ehre?"

„Ich schwör's!" rief Buchmann. „Dafür wird meine Frau für heut nachmittag einen Kuchen backen — und Sabine ist als Ehrengast herzlich eingeladen."

„Oh, danke!" sagte Sabine erleichtert, als sie merkte, daß sie nicht zu schießen brauchte. „Für Kuchen bin ich immer zu haben, Herr Buchmann. Und passen Sie mal auf, da bleibe ich Siegerin: Ich schieße Ihnen alle Rosinen!"

„Pech, es wird ein Sandkuchen sein!" sagte der Haumeister grinsend.

Herr Buchmann fällt vom Stengel

Für seine Freundlichkeit wurde der arme Herr Buchmann schlecht belohnt.

„Hören Sie, Buchmann", sagte der Forstmeister. „Wir müssen die Hochsitze im Revier kontrollieren!"

Der Alte war ein Dickschädel, wenn's darauf ankam. Und jetzt schien es, als wollte sich sein Schnurrbart sträuben.

„Genügt es nicht, wenn der Herr Assistent Prinz Kuckuck die Hochsitze kontrolliert hat?" fragte er. „War er nicht den ganzen Vormittag im Gelände? Hat wohl statt dessen Waldhimbeeren gesucht!"

Diane und Sabine lachten.

„Klappert nicht mit euren Schnäbeln!" mahnte Forstmeister Bruck. Er wandte sich wieder an den Haumeister: „Die Hochsitze müssen auf ihre Standfestigkeit oder Wackeligkeit geprüft werden."

„I, das merkt man schon, wenn so'n Ding zusammenknackst", brummte Buchmann, obwohl er genau wußte, daß im Revier alles tipptopp in Ordnung sein mußte. Aber er liebte Hochsitze nicht, weil oft vorwitzige und ungebetene „Jagdgäste" darauf saßen, um das Wild zu beobachten, dabei aber ein Reh nicht von einem Hirschkalb unterscheiden konnten. So behauptete er wenigstens.

„Haumeister Buchmann will, daß einer von uns von einem wackeligen Hochsitz runterfliegt", mutmaßte Ulrich.

„Hörst du, Onkel Professor?" stichelte Diane. „Ulrich könnte recht haben! Sicher möchte Herr Buchman dich mal herabsausen lassen."

Der Professor lächelte. Er und Buchmann waren ganz dicke Freunde. Der Haumeister verehrte den alten Herrn ebensosehr wie den Forstmeister.

„Na, wo denken Sie hin!" rief Herr Buchmann auch gleich erschrocken. „Ich meine nur, die Hochsitze haben bis auf den heutigen Tag gehalten, und ich versteh nicht, wieso sie auf einmal nichts mehr taugen sollen!"

„Mein Assistent hat einiges auszusetzen und damit basta", entgegnete der Förster.

„Prinz Kuckuck tut sich nur wichtig!" rief der Haumeister. „Die jungen Grünröcke wollen am liebsten jedes Blatt im Wald mit grüner Farbe anstreichen, wenn's mal ein bißchen blasser ist! Ich kenne das! Und was die Hochsitze betrifft . . ."

„. . . so läßt sich nicht leugnen, daß einige von ihnen nicht mehr gut sind", unterbrach der Forstmeister streng. „Jedes Ding hat seine Zeit. Und außerdem entsprechen manche nicht mehr den Vorschriften — und mögen sie für die Ewigkeit gebaut sein! Daneben sind zwei oder drei regelrecht kaputt, wie mein Assistent gemeldet hat. Und die Vorschrift lautet . . ."

„Vorschrift!" rief Haumeister Buchmann hitzig. „Vorschrift! Wer klettert auf einen kaputten Hochsitz? Sie doch nicht! Und der Herr Assistent Prinz Kuckuck, das Herrchen, das möcht doch sowieso am liebsten mit einem Fahrstuhl auf die Bäume fahren!"

Nun mußte Forstmeister Bruck aber doch lachen. „Da fang ich Sie in Ihrer eigenen Schlinge, Buchmann", sagte er scherzhaft. „Wir bauen also Fahrstühle an die neuen Hochsitze! Tolle Idee! Das macht noch mehr Arbeit! Aber nun im Ernst: Tom, lang mal die Karte rüber, sie liegt auf dem kleinen Tisch! Mutter, Kuller-Bertel und ihr Mädchen, räumt das Geschirr ab!"

Alle Hände griffen flink zu, und nachdem der Forstmeister dem Haumeister eine Zigarre angeboten hatte, breitete Professor Wittig die Revierkarte sorgfältig auf dem großen Tisch aus. Der Professor meinte:

„Hochsitze interessieren mich nicht, ich seh die Welt lieber als Spaziergänger. Aber für die Revierkarte hab ich immer eine Schwäche. Sie bringt mich auf Ideen, wo ich demnächst mal wieder herumstromern könnte ..."

„Und wo stromert der Herr Assistent herum?" fragte Haumeister Buchmann. „Er traut sich wohl nicht, mir die kaputten Hochsitze auf der Karte selber anzukreuzen!"

„Er hat schon alles angekreuzt und zwar ganz genau!" sagte Herr Bruck grinsend. „Aber er ist so diensteifrig, daß er wegen einer Fahrt zum Sägewerk das Essen versäumen mußte! Der arme Kerl! Sie werden ihn doch recht sehr bedauern, nicht wahr, Haumeister?"

Diane und Sabine warfen sich einen verstohlenen Blick zu. Tom und Ulrich hatten Mühe, nicht zu lachen. Der Professor blickte ernsthaft drein, zu ernsthaft.

Die Mutter und Kuller-Bertel entschwanden in die Küche. Dort war ihr Revier, und dafür brauchten sie die Karte nicht.

„So", sagte der Forstmeister. „Nun schaut mal her. Hier, im Jagen 23, ist der Hochsitz durch Sonne stark angegriffen. Das Holz ist zu trocken geworden. Es müssen also Teile ausgewechselt werden. Prinz Kuckuck hat die Stelle angekreuzt, da! Im Jagen 17, so meldet er, befindet sich noch ein vergessener, längst zugewachsener und unbrauchbarer Hochsitz. Er soll total vermorscht sein und muß auf der Stelle abgerissen werden. Kein Wunder, daß mir das entgangen ist, denn er stammt aus Methusalems Zeiten und erfüllt auch seinen Zweck nicht mehr. Seit zwanzig oder dreißig Jahren findet dort kein Wildwechsel mehr statt, die Gegend ist versumpft und verdschungelt.“

„Verdschungelt?“ rief Sabine erstaunt. „Das klingt ja gerade, als gäb's dort Tiger! Wie kann denn ein Stück Forstrevier verdschungeln? Ich denke, es muß immer alles tadellos in Ordnung sein!“

Herr Bruck lachte. „Deine Frage ist berechtigt, Sabine. Unter normalen Umständen würde mich die Forstverwaltung ganz hübsch beim Kanthaken kriegen, wenn's meine Schuld wäre!“

Jetzt grinste der Haumeister breit. „Ha! Die liebe hohe Forstbehörde. Da hat sich irgend so ein feiner Herr, der den Grünrock nur im Saale trägt, bereit erklärt, ein Stück unseres Reviers an die Soldaten abzugeben! Stacheldraht rum, Übungsplatz, bum-bum, aus, fertig! Das Wild floh, wir Waid- und Holzmänner hatten keinen Zutritt mehr — tja, und was einst eine schöne, saftige Lichtung war, wurde im Lauf der Zeit zum Urwald! Und als Urwald hat man's uns zurückgegeben, was, Herr Bruck?“

Der Forstmeister nickte.

„Selbstverständlich haben wir erst einmal Gräben um das versumpfte Stück gezogen, um das Wasser rauszubringen. Aber das genügt nicht. Im Laufe der Jahre hat sich eine Veränderung des Pflanzenwusches vollzogen. Auf einem Hügel oberhalb des Jagens ist eine unterirdische Quelle durchgebrochen und hat das verwahrloste Land seit Jahrzehnten mit Wasser gespeist, wie wir sagen. Dadurch sind Bäume abgestorben, während anderes, weniger wertvolles Zeug alles überwucherte. Nun müssen erst einmal die Wasserwissenschaftler her, tja, die gibt's auch, da staunt ihr! Und wenn die wissen, wohin sie die Quelle leiten — erst dann können wir das Land auch wieder richtig beforsten! Jetzt begnügen wir uns damit, darauf zu achten, daß die Umgebung forstgerecht in Ordnung bleibt!"

„Eben", triumphierte der Haumeister. „Und deshalb geht uns der morsche Hochsitz im Jagen 17 überhaupt nichts an! Soll ein Herr von der hohen Behörde mit dem Ding zusammenbrechen! Recht geschäh's ihm!"

„Aber die Schuld würde er uns zuschieben", meinte Tom.

Herr Bruck beugte sich wieder über die Karte. „Auch an der Drei-Bäche-Lichtung, im Wäldchen hinter dem Kuppen-Kahlschlag, also hier ..." Er deutete auf eine bestimmte Stelle. „Und da, auf der sogenannten Blumenwiese ...", sein Finger wanderte weiter, „... müssen moderne Hochsitze errichtet werden."

„Ja, für wen denn?" rief Buchmann. „Für uns hat's immer gereicht! Wir brauchen doch keine Fernsehtürme mit Panorama-Fensterglas, um Wild zu beobachten oder zu schießen!"

„Nun ja", Forstmeister Bruck nickte. „Aber Touristen könnten zu Schaden kommen, wenn sie auf so ein morsches Ding steigen würden!"

„Touristen haben da oben überhaupt nichts zu suchen!" brabbelte Buchmann.

„Das erzählen Sie mal dem Richter, wenn einer trotzdem raufgeklettert und mit dem ganzen Gerüst zusammengebrochen ist", warf der Professor ein. Er blickte listig auf Diane und Sabine. „Den beiden hier sehe ich nämlich an, daß sie am liebsten sofort losrennen würden, um ihre Kletterkünste an den Hochsitzen zu erproben."

„Na, ihr könnt mich zurückhalten", meinte Sabine. „Aber wie ist es mit Diane?"

„Genau wie Onkel Professor sagt", Diane lachte. „Ich dachte eben: Wie lange könnte es dauern, bis wir unsere

Jeans angezogen hätten, um ja nicht die Abfahrt zu so einer Hochsitz-Kletterprobe zu versäumen?"

„Kletterprobe ist gut!" rief Ulrich. „Damit wir dein Bein auf dem Abendbrottisch in Gips wickeln können!"

Herr Bruck faltete die Karte zusammen. „Ich höre den Wagen", sagte er. „Prinz Kuckuck kommt zurück, er wird mich im Büro vertreten. Ich fahre jetzt selber zu den Stellen, gut genug angekreuzt sind sie ja. Los, Buchmann, Sie kommen mit! Und sie, verehrter Professor?"

„Wenn Sie mich fragen, so möchte ich mir einmal gestatten, die köstliche Ruhe im Garten zu genießen, im Liegestuhl, ein Buch in der Hand . . ."

„Na schön! Tom und Ulrich dürfen mit, die können mir nützlich sein. Diane und Sabine helfen in der Küche!"

„Ach nein!" riefen beide Mädchen wie aus einem Munde.

Der Forstmeister und der Professor lachten herzlich. Tom und Ulrich grinsten, nur der Haumeister blickte noch immer grimmig drein.

„Also, Kinder", rief Dianes Vater. „Wenn ihr nicht vom Hochsitz runtergeplumpst seid, so seid ihr jedenfalls reingefallen! Meint ihr, ich ließe euch daheim? Ihr müßt euch nur von Mutter und Kuller-Bertel Urlaub geben lassen! Dann zieht euch um, aber rasch!"

Eine Viertelstunde später waren sie im Geländewagen unterwegs: Tom am Steuer, auf dem rechten Sitz der Vater, zwischen beiden Ulrich, der sich schmal wie ein Strohhalm zu machen versuchte. Auf den hinteren Plätzen thronten Diane und Sabine. Es wäre wirklich noch Raum für den Haumeister gewesen, mochte er auch noch so groß und breit sein. Aber der Dickkopf hatte sich auf den Gepäckhalter gekauert, also dorthin, wo normalerweise Kisten oder erlegte Rehe oder Hirsche transportiert werden. Seine ungefüllte Tabakspfeife im Mund, auf die er nie verzichtete, obwohl er seit Jahren nicht mehr rauchte (im Wald durfte ja sowieso nicht geraucht werden), fuhr er gewissermaßen als „widerwillige Last" mit. Sein Gesicht war putzig vertrotzt, und mit der Pfeife wirkte er wie ein Riesenbaby samt Schnuller. Er hielt die Fahrt für überflüssig.

„Hätte mich selber schon um die Hochsitze gekümmert", brabbelte er ziemlich laut. Die Sache ging ihm an die Ehre, weil der junge Forstassistent Prinz Kuckuck sie veranlaßt hatte. Außerdem fürchtete er, daß man Hochsitze — welches Verbrechen in seinen Augen! — eines Tages aus Aluminium, Beton oder einem Kunststoff errichten könnte!

„Was Hochsitze sind, weiß ich ja nun", sagte Sabine zu Diane. „Erst kannte ich sie nur aus Büchern oder Filmen. Aber auf diesen Holztürmen oder Gerüsten sitzen doch nicht nur Jäger oder Forstbeamte?"

„Das Forstamt gibt manchmal auch Malern die Erlaubnis, staatliche Hochsitze zu benutzen", erklärte Diane. „Die Hochsitze sind nämlich alle so gebaut, daß man von dort aus das Wild beobachten kann, ohne daß es einen wittert. Natürlich müssen Wind und Wetter günstig sein, das versteht sich von selbst." Diane schwieg einen Augenblick, dann sagte sie lachend: „Wenn ich ehrlich bin, Sabine, ich hab die Dinger immer nur als Turngeräte angesehen, bis mich Vati dann bei meiner sogenannten Ehre als Försterskind packte."

„Klingt wie'n Gedicht!" spottete Sabine.

„Sei nicht so frech, sonst wird Herr Buchmann noch brummiger", warnte Diane. „Der liegt ja da hinter uns wie'n Hirsch, der wütend ist, daß seine Schonzeit abläuft!"

Diane wußte nicht, wie recht sie mit diesem ulkigen Vergleich hatte! Die Schonzeit für den Haumeister sollte nur noch eine halbe Stunde währen!

Sie fuhren schattige Schneisen entlang, holperten mit dem starken Wagen über Sandwege und erklommen unter heftigem Gebrumm des Motors eine steile Hügelkuppe.

„Halt, Tom!" befahl der Forstmeister. „Jagen 17! Hier steigen wir aus, sonst bleiben wir da vorn irgendwo im Morast stecken. Alle Mann von Bord!"

Da sie diesmal weder Harras und Wacker noch den Langhaardackel Rauhbautz mitgenommen hatten, brauchte Herr Bruck nur die Mädchen „an die Leine" zu nehmen. Das heißt, er ermahnte sie: „Haltet euch hinter mir auf dem Pfad. Wir gehen im Gänsemarsch. Hinter euch kommen Ulrich und Tom, den Schluß bildet der Haumeister. Der Vorletzte achtet auf den Letzten, wie der Letzte auf den Vorderen achtet. Fällt einer in den Sumpf . . ."

„. . . dann wird er's schon merken!" grollte Buchmann.

„Kolonne marsch!" rief Herr Bruck. „Daß mir keiner dem Vordermann auf die Hacken tritt oder dem Hintermann die Ranken ins Gesicht schnellen läßt! So. Vom Grabenknick hundert Meter genau nördlich, da soll der morsche Hochsitz sein!"

„Ich bin ja'n bißchen dumm", sagte Sabine, die hinter Diane ging. „Da höre ich immer was von Jagen und habe mein Lebelang gedacht, das ist dasselbe wie eine Jagd auf Tiere: Aber Jagen 17, ein Jagen mit Zahl, davon wußte ich noch nichts!"

„Mußt unser Chinesisch erst noch lernen, das hab ich dir doch gleich zu Anfang geraten", rief Diane über die Schulter. „Ein Jagen ist ein begrenztes Waldstück, das . . ."

„Schön, schön!“ rief Herr Bruck. „Wir wolln jetzt nicht klugschnacken, sondern aufpassen! So, da wären wir!“

Sie hatten ein etwas lichteres, aber sehr verwahrlostes Gelände erreicht, dessen Boden von den verschiedensten Unkrautarten überwuchert war.

„Da ist der Hochsitz!“ rief Tom.

„Na, auf dem hat wohl noch Kaiser Rotbart gesessen“, stellte Herr Bruck fest. Er betrachtete das morsche Ding. „Muß weg!“ entschied er.

„Und ein anderer soll da errichtet werden?“ fragte Sabine.

„Lohnt sich nicht“, erwiderte der Forstmeister. „Seht! Rechts steigt das Gelände an, von daher kommt das Wasser aus dem Boden gesickert. Und wie ihr nun deutlich erkennen könnt, hat sich die Natur dadurch verändert. Die ursprünglich angepflanzten Bäume sind verrottet, das Wild hat sich verzogen. Die Wiese gibt überall nach wie ein weicher, dicker Teppich, so sehr ist sie von Feuchtigkeit durchzogen, hier lebt nur sogenanntes nicht jagdbares Getier, Kleinzeug aller Art. Vor allem gibt's Mücken, und für die braucht man keinen Hochsitz!“

„Na, dann kommt auch kein Mensch her!“ behauptete Herr Buchmann.

„Touristen mit Kindern verirren sich überallhin“, mahnte Tom. „Denken Sie an die Stadtleute, Haumeister! Fünf Kilometer weiter ist ein Campingplatz, und wenn da mal einer 'n Stich hat, läuft er mit einem Plastikbeutel ausgerechnet hierher und sucht nach allen möglichen Beeren! Das kennen wir doch! Voriges Jahr ist ein Mann in ein verkrautetes Fuchseisen getreten, das fünfzig Jahre alt war und an einer fast unerreichbaren Stelle lag! Nur weil ein Segelflieger dort Bruch machte, hat er den Verletzten gefunden.“

„Die Zeitungen waren voll davon!“ fügte Ulrich hinzu. „Zum Glück geschah's im Nachbarrevier, so brauchte Vater die Sache nicht auszubaden. Gegen den anderen Beamten wurde eine Untersuchung eingeleitet, und wenn er auch wahrhaftig nichts dafür konnte, peinlich war die Sache doch!“

Herr Bruck nickte. „Der Hochsitz hier ist ein herrlicher Unfallort für Sonntagsforscher! Das Ding ist fast zugewachsen, ja — aber gerade jemand, der so was nicht finden soll, der findet's zuerst!“

„Guckt euch das Ding nur mal an!“ sagte Ulrich.

„Ich sehe eine Leiter, auf zwei schräge Stangen gestützt“, bemerkte Sabine. „Die Leiter führt an einem Baum hoch, und zwischen den Ästen ist der Sitz!“

„Das Irrsinnigste, das mir je vorgekommen ist“, meinte der Forstmeister. „Ich könnte mich selber strafversetzen, daß mir dieses Ding bisher nicht aufgefallen ist! Die Leiter hat man vor Jahrzehnten an den Baum genagelt! Genagelt! Seht nur! Aber ein Baum bewegt sich, er drückt die Leiter mal nach vorn, mal zieht er sie samt den seitlich liegenden Stützstangen nach hinten. Das macht die Sache nicht sicherer! Und die Sitzplatte in der Astgabelung ist mit Haken eingeschlagen, die genauso rosten wie Nägel! Ich wette, da kommt kein Huhn mehr ungeschoren rauf und runter!“

Herr Bruck, der Haumeister, Tom und Ulrich traten den unteren Teil der Leiter einfach mit den Stiefeln zusammen. Der Rest kam samt der Platte als Bescherung von oben, nachdem Tom einen seitlichen Stützbalken weggezogen hatte.

„Hier war's also nichts mit dem Turnen“, meinte Diane. „Aber Kaputtmachen ist auch mal prima. Geht's jetzt zum Jagen 23?“

„Im Jagen 23 wird nichts kaputtgemacht!" grollte Haumeister Buchmann, als sie weiterfuhren.

Im Jagen 23 fanden sie am Rande einer Lichtung einen auf vier Pfählen stehenden, auf einer Seite durch die Leiter, auf der anderen durch zwei Schrägstangen abgesicherten Hochsitz mit einer überdachten Holzkanzel vor.

„Für 'nen richtigen Waidmann genügt der noch", erklärte der Haumeister. „Außerdem ist ein Schild dran: ‚Zutritt für Unbefugte streng verboten!'"

„Kleine Kinder können nicht lesen", sagte Herr Bruck. „Es gibt Fünfjährige, die wie die Äffchen klettern. Und es gibt Zwölfjährige, die das Verbot erst recht zum Hinaufsteigen reizt!"

„Aber Herr Bruck!" rief Buchmann. „Wald ist Wald! Natur ist Natur! Hier ist kein Tierkinder-Zoo! Wenn Sie es so genau nehmen, müßten wir überall Wächter aufstellen! Und ein Jäger, der sich nicht vorsieht, ist selber schuld! Der Hochsitz ist nach Vorschrift gebaut, und ich seh nicht ein, warum wir statt dessen einen Fernsehturm aus Beton bauen sollen!"

„Na, so verrückt bin ich nicht", meinte der Forstmeister „Aber mein Assistent, unser lieber Prinz Kuckuck, hat hier auf der Karte vermerkt: ‚Plattform ausgetrocknet, Holz spröde geworden!' Das müssen wir prüfen!"

„Der Herr Prinz Kuckuck soll sich zum Kuckuck scheren!" rief der Alte wütend. „Nächstens stellt er Parkuhren für Rehe und Hirsche auf! So ein Unsinn! Wie soll die Plattform spröde sein, wenn ein Dach darüber ist? Von diesem Hochsitz fällt kein Waidmann und kein Waldarbeiter. Noch nicht mal ein Pilzmütterchen, das sich in der Kanzel vor dem Regen schützen will!"

„Ein Pilzmütterchen würde sich eher unter die Plattform stellen", sagte Tom grinsend.

„Aber ich steige jetzt hinauf!“ grollte der alte Haumeister. „Und zwar mit Schwung! Ich werde Ihnen beweisen, Herr Forstmeister, daß die Plattform einen Elefanten aushält!“

Ohne seine Pfeife aus dem Mund zu nehmen, stieg der breitschultrige Riese eilig die Leiter hoch, so geschwind, wie es ihm niemand zugetraut hätte.

Als er die Plattform erreicht hatte, sprang er kräftig darauf herum. Dann blickte er triumphierend aus der Kanzel auf die anderen herab:

„Na, seht ihr? Das Ding hält noch was aus! Den Herrn Assistenten schon zehnmal! Wahrscheinlich ist ihm nur

schwindlig geworden, haha! Drei solcher Kerle wie mich verträgt die Bodenplatte, Herr Förster! Die ist in Ordnung! Drei oder vier Kerle wie mich ..."

Im nächsten Augenblick gab es ein häßliches, knirschendes Geräusch, und der Haumeister sauste mitsamt der geborstenen Plattform in die Tiefe.

Nun, er fiel weich. Aber sein Gesicht war sehenswert, als er sich aufrichtete und im Kreis umherstarrte, als wollte er fragen: Was hatte ich eben gesagt?

Als sich herausgestellt hatte, daß ihm nichts passiert war und daß er sogar seine ewig leere Tabakspfeife nicht verloren hatte, gab es ein gewaltiges Gelächter.

„Na, Buchmann?" sagte der Forstmeister. „Ich brauche dem wohl kein Wort hinzuzufügen. Nur eins: Morgen geht's hier an die Arbeit!"

„Jawohl, Herr Bruck", murmelte der Riese verlegen.

Das Vorkommnis wurde abends noch ausgiebig besprochen. Prinz Kuckuck lächelte allerdings nur zurückhaltend, dafür lachte der Professor laut heraus.

Sabine sagte: „Wenn wir in der Schule den gräßlichen Aufsatz: ‚Mein schönstes Ferienerlebnis' schreiben müssen, dann nehm ich das Thema: ‚Haumeister Buchmann fällt vom Stengel'!"

Diane hat eine Idee

Es regnete Bindfäden.

Na ja, schließlich konnten sie nicht unentwegt Sonnenschein verlangen! Diane maulte zwar ein bißchen, als sie morgens aus dem Fenster schaute. Aber dann holte sie sich ein Buch vom Regal, stopfte sich das Kissen vom

Sessel unter den Kopf und machte es sich noch mal im Bett bequem. Sabines Schlaf wurde an diesem Morgen durch kein Plätschern oder Klappern gestört ...

„Was fangen wir heute an?" fragte Diane später am Kaffeetisch. „Und wo sind die Jungen?"

„Die scheinen ihre Schulbücher vorgekramt zu haben. Sie kamen nur kurz in die Küche, holten sich bei Bertel Kaffee und verschwanden in ihrem Zimmer", berichtete die Mutter.

„Lernen! In den Ferien!" Diane war entrüstet.

Aber Professor Wittig, der inzwischen auch erschienen war, erinnerte an Toms Abitur, das langsam näher rückte.

Hm! „Eigentlich könnten wir dann auch etwas für unsere Bildung tun", meinte Diane verschmitzt. „Zeigst du uns mal was von unseren Sammlungen, Onkel Professor?"

Der alte Herr nickte. Er hatte in vielen Jahren alles mögliche zusammengetragen: Steine, Käfer, Pflanzen, und Diane hatte ihm oft beim Sammeln geholfen. Und so quirlig sie sonst auch war — wenn es ans Ordnen und Einkleben ging, zeigte sie eine ungewohnte Geduld. Sie redete deshalb meistens auch von „unseren" Sammlungen. Die Freundinnen stiegen mit dem Professor in eine kleine Dachstube. Dort waren in die schrägen Wände viele Regale und Schränke eingebaut, aus denen der Professor nun seine Schätze hervorholte. Aber diesmal blieb Diane nicht so aufmerksam bei der Sache wie sonst. Denn Sabine betrachtete erstaunt ein Buch. Das hatte der Professor verfaßt, und auf der ersten Seite war die Widmung eingedruckt: „Dem Andenken meines Bruders Stephen Witt."

„Sieh mal, so hieß mein Großvater auch", sagte Sabine leise zur Freundin.

„Dein Großvater?" fragte Diane ebenso leise.

„Ja, Mutters Vater."

Von da ab war Diane auffallend schweigsam. Und als sie unten Ulrich nach dem Professor rufen hörte, sagte sie schnell: „Ich glaube, Onkel Professor, da mußt du helfen. Die Jungens kommen gewiß bei der Lernerei nicht zurecht. Wir gehen ein andermal wieder mit herauf, ja?" Als sie mit Sabine wieder unten in ihrem Zimmer war, fragte sie: „Lebt dein Großvater eigentlich, Sabine?"

„Nein", erzählte die Freundin. „Er ist gestorben, als meine Mutter noch zur Schule ging. Drüben in Amerika. Mutter ist in einer kleinen amerikanischen Stadt geboren. Dort hat sie dann meinen Vater kennengelernt. Er war Ingenieur und von einer großen Firma ins Ausland geschickt. Sie sind später wieder nach Deutschland zurückgegangen."

„Ach so!"

Diane sagte nichts weiter. Doch die Sache erschien ihr als ein Rätsel, das es zu lösen galt! Lange dachte sie darüber nach. Am Abend ging sie zu Bertel.

„Kann ich mal in deinem Zimmer einen Brief schreiben? Sabine darf nichts davon wissen, es soll eine Überraschung für sie werden."

„Na klar, Diane! Setz dich nur rüber. Und wenn du willst, hole ich Sabine in die Küche, daß sie mir ein bißchen hilft."

Diane konnte ihren Brief sogar in die große Posttasche schmuggeln, die im Flur lag. Die Brüder nahmen sie morgens immer ins Dorf und leerten sie dort auf der Post, bevor sie Briefe und Zeitungen einpackten, die fürs Forsthaus bereit lagen.

Und dann rechnete Diane aus, wann sie wohl Antwort bekommen würde!

„Post für mich?" erkundigte sich Diane wenige Tage später. Sie hatte ihre Brüder abgepaßt, als sie mit den täglichen Einkäufen — und der prallen Posttasche — im Wagen vom Dorf heraufkamen.

„Sag mal, Diane", fragte Ulrich neugierig, „von wem erwartest du eigentlich was? Die ganze Familie ist zusammen. Einen Freund hast du Küken hoffentlich noch nicht. Und was die liebe Verwandtschaft anbetrifft — na, da kennen wir doch deine Schreibfaulheit!"

„Und ob!" stichelte Tom. „Ich erinnere mich noch an Familienszenen, wenn unsere Kleine sich für Geburtstagsbriefe und Geschenke bei Onkeln und Tanten bedanken sollte!"

„Also, Diane, wer könnte dir schreiben? Heraus mit der Sprache!"

„Es soll schon mal jemand an Neugierde erstickt sein", sagte die Schwester, schnitt den Brüdern eine Grimasse und lief davon.

Am nächsten Morgen erfand sie eine Ausrede, damit der Morgenspaziergang ausfiel, nahm ihr Rad und fuhr ins Dorf. In der Post saß ein altes Fräulein, das Becker-Dorle. Diane hatte sie früher gern besucht, vielleicht hielt die Freundschaft heute noch.

Und wirklich!

„Kommst du mich besuchen, Diane? Das finde ich lieb", wurde sie vom Becker-Dorle empfangen.

Diane redete ohne Umschweife:

„Fräulein Dorle, ich wäre sowieso gekommen. Aber heute habe ich eine Bitte. Ich warte auf einen Brief aus Hohnstein. Davon soll vorläufig niemand was wissen, vor allem unsere Jungen nicht. Passen Sie ein bißchen auf und legen ihn mir zurück? Ich komme übermorgen wieder und frage nach."

„Mach ich gern, Diane. Aber wir wollen doch gleich mal durchsehen, was heute für Eichenforst daliegt!"

Und, o Wunder: der Brief war tatsächlich schon da! Ätsch — dachte Diane — jetzt kommen meine lieben Brüder um den Spaß! Denn daß sie ihr den Brief nicht ohne weiteres ausgehändigt, sondern sie erst gründlich geneckt hätten, das war klar!

Sie suchte sich ein ruhiges Fleckchen an der alten Kirchhofsmauer und las ihren Brief.

Also hatte sie doch recht gehabt! Hochbefriedigt verstaute sie ihre Post sorgfältig in ihrer Fahrradtasche und machte sich auf den Heimweg. Sie sah auf die Uhr: den halben Weg schaffte sie gut, bevor die Brüder oben vom Forsthaus losfuhren. Wenn sie dann ein Weilchen im Wald wartete, bis das Auto vorbei war, merkten die beiden wahrscheinlich gar nicht, daß sie schon vor ihnen die Post kontrolliert hatte. Becker-Dorle verriet nichts!

Es klappte, sie kam unangefochten nach Eichenforst zurück. Sabine war bei Bertel in der Küche, und Diane suchte die Mutter.

„Hast du ein bißchen Zeit, Mutti?"

„Natürlich, Kind, wo brennt's denn?"

„Lies mal diesen Brief von Sabines Mutter. Du wirst staunen!"

Und wie die Mutter staunte!

„Das ist ja wirklich eine Überraschung!" sagte sie.

„Wollen wir es zuerst Sabine sagen? Oder dem Onkel Professor?" fragte Diane.

Ihre Mutter überlegte. Dann meinte sie: „Wir verraten fürs erste noch gar nichts. Du hast dein Geheimnis gut für dich behalten, tu es noch ein paar Tage. Paß auf: ich habe einen Plan!"

Von Pilzen, Mühlen und Forellen

Eines Morgens erzählten die Jungen eine sonderbare Geschichte:

„Gestern nachmittag waren wir am Hindberg. Wir wollten doch mal sehen, ob die Bäume dort schon gespritzt sind. — Es hat sich übrigens noch nichts getan, Vati. Du mußt die Herrschaften mal telefonisch an den Ohren nehmen! — Aber da beobachteten wir einen seltsamen jungen Burschen, der den Kahlschlag auf und ab ging, mal auf die Erde und mal an den Bäumen hoch guckte und sich zwischendurch irgendwelche Notizen machte. Als wir näher kamen, verdrückte er sich."

„Aber uns alten Fährtensuchern konnte er nicht durch die Lappen gehen", unterbrach Tom den Bruder. „Wir spürten ihm nach. Ulrich schlich links vom Kahlschlag den Wald hinauf. Ich suchte im Unterholz am rechten Rand Deckung. Wir fanden ihn schließlich hinter dem großen Granitbrocken — du weißt doch, welchen ich meine, Vater? Der vor Jahren im Frühjahr sich vom Felsen löste und herunterdonnerte. — Da saß der komische Heini also und packte eifrig Pilze in eine Tüte. Wir grüßten und fragten, ob er viel gefunden hätte. Er antwortete irgend etwas Unverständliches. Ja, und dann hatte er eine Ledermappe neben sich stehen. Was hatte er darin? Und war der Bursche wirklich auf Pilze aus?"

„Der Kahlschlag ist fast den ganzen Tag voll Sonne. Wenn er wirklich Pilze suchte, dürfte das also nicht der beste Platz sein", meinte der Forstmeister. „Was für welche hatte er denn gefunden?"

Einen Augenblick überlegten die Brüder. Dann platzte Ulrich — sichtlich selber überrascht — heraus:

„Anscheinend hat er wahllos alles zusammengerafft, was er in der Eile fand, um eine gute Ausrede zu haben — jedenfalls ist die Sache verdächtig."

„Vielleicht ist er irgendwo ausgerückt und sucht ein Versteck", sagte Diane. „Man liest doch immer wieder mal von ausgebrochenen Gefangenen!"

„So sah er eigentlich nicht aus!" sagte Tom.

„Für sehr wahrscheinlich halte ich das auch nicht", meinte ihr Vater. „Auf alle Fälle seid ein bißchen vorsichtig, Kinder — Diane und Sabine meine ich! Und ihr Jungens haltet die Augen offen, ob ihr den Burschen wiederseht."

Nun — für die nächsten Tage blieb der unbekannte Waldläufer verschwunden. Trotzdem hielten sich die Mädchen nach Möglichkeit an Dianes Brüder. Einträchtig zogen die vier oft los.

„Heute fahren wir in den Mühlengrund, Forellen holen. Kommt ihr mit?" fragte Tom eines Morgens.

Sie holten die Räder. Eine Weile mußten sie bergan schieben, dann ging es zuerst auf dem Kammweg entlang und schließlich jenseits vom Berg in ein Tal hinunter.

„Dort unten gab es früher eine ganze Menge Mühlen", erklärte Diane der Freundin. „Kornmühlen, wo die Bauern ihr Getreide mahlen ließen, aber auch eine große Sägemühle. Heute steht kaum noch ein Gebäude davon."

„Nur die Glockenmühle, an der wir vorbeifahren", erzählte Tom.

„Dicht dabei sind nämlich die Forellenteiche. Und im Glockenbach gibt's Krebse. Wollen wir welche fangen?"

„Darf man das denn?" erkundigte sich Sabine.

„Dürfen schon — aber können!" Diane lachte. „So einfach ist das nämlich nicht, wenn einen die Krebse nicht tüchtig zwicken sollen. Früher habe ich sie schnell gefunden. Ich hatte immer einen Riecher, unter welchem Stein im Bach wohl ein Krebs saß. Wollen wir es wieder mal versuchen?"

Aber Tom winkte ab.

„Mutter braucht die Forellen. Wir dürfen uns nicht lange aufhalten. Doch die Glockenmühle zeigen wir Sabine. Dort hinten ist sie schon zu sehen."

Sie bogen in eine breite Pappelallee ein und fuhren die kurze Strecke bis zu einem großen Gebäude. Es mußte ehemals wie das Herrenhaus eines Gutes ausgesehen haben. Jetzt aber war ein Teil davon ganz verfallen. Nur die linke Hälfte, die an dem ehemaligen Mühlgraben lag, machte einen bewohnten, wenn auch ziemlich verwahrlosten Eindruck. Ein paar große Steine, wie mächtige Scheiben geformt, lagen am Hofrand.

„Die alten Mühlsteine", erklärte Diane. „Komm mal hier entlang zum Bach, Sabine. Da kannst du auch noch das Mühlrad sehen!"

Das Rad war mit Moos bewachsen und längst nicht mehr heil. Aber noch konnte man erkennen, wie das Wasser einmal darüberhingestürzt war und es angetrieben hatte. Sabine hatte wieder einmal Grund zu staunen. Sie würde nicht mehr gedankenlos die alten Lieder vom Mühlrad anhören, sondern gewiß dabei an die Glockenmühle denken!

Es war sehr still ringsum. Wohnte überhaupt noch jemand hier?

„Eine alte Frau haust noch in dem Bau mit ihrem alten Hausdrachen und einem stummen Knecht", erzählte Diane respektlos. „Ihren richtigen Namen weiß ich nicht. Wir haben sie bloß immer die alte Glöcknern genannt. Weißt du noch, Uli, was die Dorfkinder immer sangen, wenn sie die Alte mal sahen?"

Ulrich lachte und sang mit Diane zusammen:

„Tocke, tocke,
macht die Glocke.
Alle kleinen Glöckchen bimmeln,
und das ganze Mehl muß schimmeln."

„Nicht so laut!" mahnte Tom. „Ihr wißt doch, daß die alte Glöcknern sich über diesen Vers immer ärgert. Sie kann uns vielleicht hören. — Übrigens soll es in der Mühle spuken, Sabine. Hast du Angst?"

Alle vier lachten und kehrten auf den Hauptweg zurück.

Sie waren schnell bei den Forellenteichen. Dort verhandelten sie mit dem Sohn des Fischpächters, Hans, einem alten Schulkameraden von Tom. Er versorgte die Teiche. Nun erklärte er Sabine, wie die Teiche angelegt waren und wie sie ständig mit frischem Wasser und frischer Luft versorgt wurden. „Forellen wollen klares Wasser haben. Du mußt dir mal von Tom einen Forellenbach zeigen lassen. In der Nähe vom Forsthaus gibt es welche. Wenn man dran entlanggeht, kann man genau beobachten, wie gewandt und flink die Forellen sind. Aber auch wie scheu: Sobald nur ein Schatten aufs Wasser fällt, schlüpfen sie unter Steine oder Stämme oder in ein anderes Versteck. Weißt du noch, Tom, wie wir sie dann früher vorgekitzelt haben?"

„Und ob!" Tom schilderte vergnügt, wie sie es angestellt hatten, Forellen zu jagen:

„Wir haben genau beobachtet, wohin sie sich versteckten. Dann haben wir uns vor ihren Unterschlupf gestellt —

wir liefen ja meist mit Gummistiefeln herum und stapften unbesorgt durchs Wasser —, haben die Fußspitzen hochgestellt und die Forelle mit einem Stock in ihrem Versteck aufgestört. Sie kam heraus und flüchtete in die nächste Höhle. Und dafür hielt sie gewöhnlich den Raum unter unserem Stiefel. Schon hatten wir sie!"

„Ein paarmal hat uns das tüchtige Backpfeifen eingetragen, was?" meinte Hans. „Bis mein Vater dann das Fischrecht pachtete. Aber geschmeckt hat es uns trotzdem, wenn wir heimlich hinterm Steinbruch eine Forellenmahlzeit verzehrten."

Sabine betrachtete die schönen bunten Fische. Fast bedauerte sie die hübschen Tiere, weil sie nun in Bertels Kochtopf landen sollten. Aber Forellen sind selber große Räuber; sie rauben, was ihnen in Reichweite kommt: Fliegen, Würmer, Larven, Schnecken, Fischbrut, kleine Fische und Frösche.

„So ist es nun mal — ein Wesen lebt vom anderen. Es geht grausam zu in der Natur, aber nur so kann sich das Leben behaupten", hatte der Professor den Mädchen auf einem ihrer Morgenspaziergänge gesagt. Also wollte sich Sabine die hübschen Forellen ruhig schmecken lassen!

Sie fuhren auf einem anderen Weg zurück, am Steinbruch vorbei, den Hans erwähnt hatte. „Dort war früher unsere Höhle", sagte Tom. „Wir waren eine ganze Bande, und jeder mußte eine Mutprobe bestehen, ehe er aufgenommen wurde. Weißt du noch, Ulrich: Du wurdest nachts zur Glockenmühle geschickt und mußtest den Dolch zurückholen, den wir in der Dämmerung heimlich auf den ersten Zaunpfahl beim Haus aufgespießt hatten."

„Und hat es gespukt?" erkundigte sich Sabine interessiert.

„Ich weiß nur noch, daß ganz seltsame Geräusche aus der Mühle drangen. Genaueres habe ich nicht festgestellt, dazu war es mir zu unheimlich. Ich war ja erst acht Jahre alt."

„Aber du meinst, es gab da wirklich etwas Unheimliches?" fragte Diane.

„Unsere Schwester wittert etwas", spottete Tom. „Erzähle ihr nichts weiter, Uli. Die ist sonst imstande, der Sache auf den Grund zu gehen."

Und ob sie dazu imstande war!

Nächtlicher Spuk

Abends fing Diane wieder von dem Spuk an, als sie mit Sabine allein war. „Man müßte doch wirklich mal dahinterkommen, was in der Glockenmühle los ist!"

Sabine schwieg. Ihr schwante, daß die Freundin etwas im Sinne hatte. Auch Diane sagte nichts weiter. Doch am andern Morgen lenkte sie zielbewußt den Onkel Professor in Richtung Glockenmühle.

„Warst du schon einmal drin in der Mühle?" fragte sie den alten Herrn.

„Nein, obwohl mich das Haus sehr interessiert. Wahrscheinlich lohnt der Blick hinein sehr. Doch an die alte Frau ist schwer heranzukommen. Sie ist scheu."

Zwei Tage danach besorgten Diane und Sabine Einkäufe im Dorf. Dabei trafen sie ein paar von Dianes alten Freundinnen, die Christel vom Bachbauernhof und Marion Gerlach aus der Schmiede. Nun schwieg Diane nicht länger.

„Ich wollte sowieso heute oder morgen zu euch kommen", erklärte sie den beiden, nachdem sie Sabine mit ihnen bekannt gemacht hatte. „Wir müssen was besprechen. Besucht ihr uns mal?"

Die beiden hatten schon längst auf Diane gewartet.

„Ihr könnt doch mittags bei uns essen", sagte Christel mit raschem Entschluß. „Kommt, wir laufen zur Post, das Becker-Dorle kann in Eichenforst anläuten und Bescheid sagen. Nach dem Essen treffen wir uns mit Marion in der steinernen Laube bei uns im Garten. Ist dir's recht, Marion?"

So machten sie es. Im Bachbauernhof gab es eine große Begrüßung. Christels Eltern freuten sich über den Besuch, Diane konnte gar nicht genug von der Stadt und der Schule berichten. Dann gingen die Mädchen noch durch die Ställe, weil Diane die beiden Fohlen sehen wollte, die zufällig nicht auf der Weide herumsprangen, und die acht Ferkelchen, die zwei Tage alt waren.

Marion Gerlach wartete schon in der Laube.

„Also raus mit deinem Plan, Diane!" sagte sie. „Du hast doch was vor! — Diane hat uns früher nämlich immer zu allerhand Abenteuern angestiftet", erklärte sie Sabine. „Seit sie weg ist, finden wir es oft sehr langweilig. Es tut sich überhaupt nichts mehr."

„Stimmt!" Christel nickte. „Mußt mal wieder eine tolle Sache ausbrüten, Diane! Wir machen auf jeden Fall mit."

„Na prima!" rief Diane. „Ich habe nämlich wirklich was Tolles vor. Ich will rausfinden, was es mit dem Spuk in der Glockenmühle auf sich hat."

Da wurden die Gesichter der beiden doch etwas lang. Mit Spukereien wollten sie nichts zu tun haben. Aber Diane ließ sie gar nicht erst zu Worte kommen.

„Daß es in Wirklichkeit keinen Spuk gibt, wissen wir alle", sagte sie. „Also kann da nur irgendein Geheimnis sein. Und was für ein Geheimnis es ist, das müssen wir herausfinden."

„Aber wie?" fragte Christel.

„Wir müssen eben mal ins Haus gehen. Und weil die alte Glöcknern uns bestimmt nicht hineinbittet, versuchen wir's heimlich. Am besten nachts!"

Nachts! Ihre Freundinnen waren platt.

„Wie sollen wir so spät von zu Hause weg?" fragte Christel endlich.

„Nun, ihr kommt einfach zum Eichenforst. Früher seid ihr doch oft genug oben bei uns geblieben. Eure Eltern erlauben es bestimmt. Und von oben schleichen wir uns dann weg. Vielleicht dürfen wir alle im Bügelzimmer übernachten, wie früher. Mit Luftmatratzen. Dann ist's einfach. Wir lassen im Gang das Fenster offen und steigen hinaus."

Diane setzte sich wie immer durch. Am nächsten Vormittag kamen Marion und Christel nach Eichenforst. Abends ging es am Eßtisch noch lebhafter und vergnügter zu als sonst, denn Dianes beide Freundinnen waren ja im Forsthaus ganz vertraut. Und zeitig gingen alle in die „Kicherkemenate", wie Tom sich ausdrückte, ins Bügelzimmer. Als das Haus stillgeworden war, weil die übrigen Bewohner schliefen, stiegen die vier vorsichtig durchs Fenster.

Sie brauchten nicht die Waldwege zu benutzen. Diane kannte einen schmalen, steilen Pfad, der zur Straße hinunterführte. Es war heller Mondschein, sie hatten die Taschenlampen dabei, und an besonders schwierigen Stellen griff Diane hilfreich nach Sabines Arm.

Unheimlich fand Sabine es doch. Und ob es den zweien aus dem Dorf sehr geheuer war, wußte sie nicht. Irgendwo schrie ein Vogel. „Bloß ein Käuzchen", sagte Diane, als Sabine zusammenfuhr. „Das hörst du im Forsthaus doch auch."

Dann raschelte es im Laub auf dem Boden. War es ein Igel? Eine Maus fiepte. Irgendwo klagte es schauerlich.

„Da hat die Eule oder der Fuchs einen Hasen erwischt. Der schreit so jämmerlich!"

Für Diane waren das alles vertraute Laute. Aber Sabine, dem Stadtkind, lief öfter ein kalter Schauer über den Rücken.

Kurz nach halb zwölf standen sie an der Glockenmühle. Auch dort schlief alles. Einen Hund, der sie verraten hätte, gab es zum Glück nicht. In den Turnschuhen konnten sie fast lautlos schleichen. Diane winkte den anderen: ein Fenster stand offen! Sie machte Anstalten, ins Haus zu steigen.

„Diane, das geht doch nicht!" Sabine war nun doch entsetzt.

„Warum nicht?" Ein Schwung — Diane saß oben, zog die Beine hoch und verschwand im Haus. Da tauchte sie wieder auf und winkte die anderen heran. Christel und Marion hatten keine Bedenken, sie stiegen ihr nach. Was blieb Sabine übrig?

Als alle vier sich im Haus umsahen, entdeckten sie, daß der Gang, in dem sie standen, zu einer großen offenen Halle führte. Kaum waren sie dort, da fiel ihnen auf, was sie in ihrer Aufregung bis dahin gar nicht bemerkt hatten: Überall war ein merkwürdiges Pochen, Hämmern, Klappern zu hören ... manchmal im Takt, aber doch wieder deutlich voneinander verschieden. Dann ächzte es greulich, klirrte dazwischen. Lauter unheimliche Geräusche, als wären wirklich Geister am Werk. Was war das bloß? Lebte die alte Mühle, gab es Kobolde, oder rumorte der Geist eines diebischen Mahlmeisters, der im Grab keine Ruhe fand?

Zu erkennen war nichts, und Diane wagte nicht, ihre Taschenlampe anzuknipsen. Nur durch ein Fenster fiel das Mondlicht in eine Ecke, und da — die Mädchen glaubten zu träumen! Da standen winzige Menschen, und gerade fingen sie an, sich zu drehen und zu tanzen, während eine feine Melodie einsetzte.

Die vier Mädchen standen wie gelähmt. Auch Diane war genauso fassungslos wie die anderen und nicht imstande, ein Glied zu rühren. Da dröhnten dumpfe Glockenschläge: Mitternacht — die Geisterstunde! Du liebe Zeit, was mochte nun kommen?

Es wurde lebendig im Raum: Da hämmerte es plötzlich im Takt — auch in der Ecke —, und im Mondschein sahen sie zwei Schmiede wie wild auf einen Amboß schlagen. Plötzlich erklang die Melodie „In einem kühlen Grunde, da geht ein Mühlenrad", und es klapperte hölzern ... War etwa das Mühlrad draußen wieder in Gang gekommen?

Um Mitternacht erhalten die toten Dinge Leben ... Wer hatte das bloß erzählt? Alle Spukgeschichten schossen den Mädchen durch den Kopf: vom tanzenden Spielzeug bis zu den Teufeln, die in einer alten Burg um Mitternacht mit Totenköpfen und Totengebeinen kegelten.

Den vieren schien eine Ewigkeit vergangen zu sein, als plötzlich neue Laute zwischen den dumpf dröhnenden Mitternachtsklängen und den seltsamen Geräuschen ertönten: scheppernde Schläge, dann eine Art Bimmeln, zwischendurch schmetterte es „Kuckuck, Kuckuck", und immerzu noch tanzten die Menschlein in ihrem dunklen Winkel, arbeiteten die Schmiede und klapperte das Mühlrad ...

Da löste sich der Bann. Diane atmete tief auf und sagte halblaut:

„Uhren, lauter Uhren", und lachend setzte sie hinzu: „Sie gehen alle ein bißchen anders."

Nun begriffen auch die anderen, was los war: Hier hatte jemand eine Unzahl von Uhren zusammengetragen; Spieluhren, Wanduhren und was es sonst noch für welche sein mochten — ein wahres Uhrenmuseum. Und die alte Frau schien sie alle in Gang zu halten. Wie merkwürdig! Der Spuk war vorbei, das Rätsel gelöst.

Aber geheimnisvoll blieb das Ganze trotzdem. Nur konnte man leider nicht mitten in der Nacht hier im Haus herumgeistern und die Uhren betrachten!

Diane trat den Rückzug an, die andern folgten. Als sie glücklich im Freien standen, sagte Diane:

„Wißt ihr was: Morgen gehen wir zu der alten Glöcknern und fragen, was die vielen Uhren bedeuten."

Auf dem Rückweg kicherten sie nach der ausgestandenen Angst um so mehr. Aber dann merkten sie, wie müde sie waren, und wurden immer einsilbiger. In Eichenforst gab es einen neuen Schrecken: Das Gangfenster war zu! Wie sollten sie ins Haus kommen? In ihrem Schlafraum — dem Bügelzimmer — war das Fenster nur angelehnt. Doch es war viel zu hoch. Eine Leiter? Die mußten sie aus dem Schuppen holen. Und dann schlugen sicherlich die Hunde an! Es war ohnehin schon ein Wunder, daß sie nicht bellten, denn Christel und Marion gehörten ja nicht zum Forsthaus.

„Können wir Bertel nicht wecken?" fragte Sabine. „Sie schläft doch zu ebener Erde."

„Auf keinen Fall!" Mit einemmal hatte Diane Angst. „Von ihr würden es die Eltern bestimmt erfahren, und das darf nicht sein."

Sie überlegten hin und her. Doch sie fanden keinen Ausweg, als in der Scheune zu übernachten — im Heu. Vorsichtig schoben sie den Riegel zurück und schlichen hinein. Diane brachte es fertig, durch eine kleine Seitenluke den Riegel wieder vorzuschieben. Und dann suchten sie sich ein Lager, so gut sie konnten. Die dürren Grashalme pikten am Hals. Mäuse raschelten irgendwo in einer Ecke. Heiß und dumpfig war es auch, aber was half es?

Endlich schliefen sie ein.

Diane schrak auf, als sie draußen Schritte hörte. Der Riegel vom Scheunentor ging zurück. Klopfenden Herzens spähte sie zum Eingang. Aha, der Kasper holte die Sense! Da wollte er sicherlich den Wiesenzipfel am Hang hinter den Ställen abmähen — sonst hatten sie ja den großen Mäher! Hoffentlich ließ er das Tor auf! Ja! Ein Glück!

Leise stand Diane auf, schlich über den Hof, klinkte an der Hintertür vom Haus — sie ließ sich öffnen. Nun aber fix, ehe alle wach waren! Sie lief zur Scheune zurück und weckte die Freundinnen, die sehr mürrisch waren. Dann schlichen sie wieder wie Verschwörer in das Haus hinein — diesmal wenigstens in kein fremdes — und in ihr Zimmer. Im Nu lagen sie ausgezogen unter den Decken und schliefen, schliefen . . .

Der Herr Forstrat und die Pilze

„Da kommt der Pilz-Heini!" rief Ulrich eines Morgens, als sie nach dem Frühstück auf dem Hof standen und überlegten, was sie machen könnten.

Neugierig sahen Sabine und Diane dem Fremden entgegen. Furchtbar komisch sah er aus — fanden sie. Eine verstrubbelte Mähne, karierte Kniehosen und eine riesengroße Sonnenbrille.

„Guten Morgen allerseits! Wo kann ich den Forstmeister sprechen?"

„Dort kommt mein Vater gerade", sagte Ulrich. Der Forstmeister war im Begriff, in den Wald zu gehen. Er hatte Rauhbautz an der Leine. Der Dackel bellte dem Fremden wütend entgegen, bis ihn der Befehl seines Herrn zum Schweigen brachte.

Inzwischen hatte sich der junge Mann dem Förster als Student vorgestellt, der sich in den Semesterferien ein wenig mit der Natur beschäftigen wolle, besonders aber an Pilzen interessiert sei.

„Ich streiche schon ein paar Tage hier herum", erzählte er, „und auf die Dauer fühle ich mich doch recht unbehaglich, wenn Sie mich nicht kennen. Am liebsten würde ich Sie sogar um Herberge bitten, Herr Forstmeister. Es ist nämlich reichlich unbequem, täglich vom Dorf heraufzusteigen. Ich wohne dort im Gasthof. Glauben Sie, daß Sie mir einen kleinen Raum vermieten könnten? Ich brauche nicht viel: ein Bett, einen Tisch und einen Stuhl. Dann kann ich meine Notizen ins reine schreiben und schlafen. Und vielleicht noch einen Kocher, um ein bißchen Tee aufzubrühen."

„Hm, da müssen wir mal meine Frau fragen", meinte der Förster. „Aber dazu müßten Sie wohl zuerst einmal Ihre Sonnenbrille abnehmen, damit man mehr von Ihrem Gesicht sieht als die schwarzen Glasscheiben!"

Und nachdem der junge Mann seine Brille in der Jacke verstaut hatte, führte er ihn in das Haus hinein.

Nun, an Gäste war man auf Eichenforst gewöhnt. Raum gab es genug, und der junge Student erhielt sein Zimmer.

„Ihren Tee brauchen Sie sich auch nicht selber aufzubrühen, den bekommen Sie, Herr Steiger", sagte Frau Bruck. „Ebenso eine warme Mahlzeit — wenn Sie wollen." Herr Steiger war von diesem Angebot ganz überwältigt. „Vielleicht kann ich Ihnen meinen Dank abstatten, indem ich Ihnen hin und wieder eine Mahlzeit Pilze mitbringe!"

Die Forstmeisterin unterdrückte ein Lächeln. Pilze wurden ihr oft genug von den Jungen ins Haus geschleppt —

zuweilen mehr, als ihr lieb waren. Aber sie freute sich über den guten Willen des Studenten.

„Ich werde Ihnen sagen, wenn ich welche brauche", sagte sie freundlich. Sie konnte nicht ahnen, wie schnell sie auf das Angebot zurückkommen sollte ...

In der Frühe des nächsten Tages läutete das Telefon. Der Forstrat meldete sich überraschend an. Gerade an diesem Tage war in der Küche Hochbetrieb. Am Abend zuvor hatten die alte Frau Liesegang und ihre Tochter die jährliche Ernte aus dem Wald im Forsthaus abgeladen: duftende Waldhimbeeren, die sie in Eimern und Tragekörben herbeigeschleppt brachten. Heute nun wurden Gelee und Säfte gekocht, so daß Frau Bruck und Kuller-Bertel bis über die Ohren in Arbeit steckten. Auch die Mädchen mußten ihr Teil dazu beitragen und halfen emsig beim Flaschen- und Gläserspülen.

„Wenn wir damit fertig sind, müssen wir im Garten Johannisbeeren pflücken, denn nichts schmeckt Vati so gut wie Johannis- und Himbeeren zusammengekocht", erklärte Diane der Freundin.

In diesem Augenblick überbrachte Prinz Kuckuck der Forstmeisterin die Meldung von der Ankunft des Forstrats.

„Ausgerechnet heute! Und ausgerechnet der Forstrat, der sich immer auf eine Pilzmahlzeit bei uns spitzt!" ächzte Kuller-Bertel.

„Da kann uns nur noch Herr Steiger helfen!" rief die Forstmeisterin entschlossen. Zum Glück erwischte sie ihn noch und schilderte ihm ihre Verlegenheit.

Erst sah der junge Mann ein wenig verwirrt drein. Nun, es war gewiß keine Kleinigkeit, für solch eine große Tischrunde eine Pilzmahlzeit zusammenzusuchen. Andererseits war er ja — wie er selbst erzählt hatte — tagelang im ganzen Revier herumgestreift. Da mußte er doch wissen, wo es Pilze zu finden gab!

Herr Steiger fing sich auch schnell und versprach, spätestens gegen elf mit den Pilzen anzutreten. „Ich habe gestern erst eine ganze Menge Steinpilze gesehen — wenn auch nicht mitgenommen", sagte er. „Ich bin sicher, daß ich die Stelle wiederfinde. Es waren alles prachtvolle Exemplare!"

Hoffentlich hat sie inzwischen kein anderer geerntet! dachte Dianes Mutter, als sie ihm einen Henkelkorb in die Hand drückte. Er war pünktlich um elf Uhr zurück. Freudestrahlend lieferte er seine Beute ab: den ganzen Korb voll schöner, fester Pilze.

„Kein einziger madiger darunter!" versicherte er. „Sie standen fast alle am gleichen Ort." Stolz fuhr er sich mit der Hand durch die Mähne und verließ das Zimmer, um wieder im Wald zu verschwinden.

Kurz darauf stand Bertel in ihrer Küche vor dem Korb.

„Steinpilze sollen das sein?" fauchte sie. „Und so was nennt sich Pilzkenner! Wenn das man kein Betrüger ist!"

Das sagte sie auch dem Forstmeister, der seinen Vorgesetzten einen Augenblick allein im Arbeitszimmer gelassen hatte und nur mal nachschauen wollte, ob es mit den Pilzen geklappt hatte.

„Sehen Sie sich doch die Unterseite an", entrüstete sich Bertel von neuem. „Die haben genau den rötlichen Schimmer, der sie von Steinpilzen unterscheidet: Gallenröhrlinge! Weiß hierzulande jedes Kind! Deshalb standen sie auch alle noch da, haben nur auf den Herrn Studenten gewartet!"

Das wäre eine schöne Bescherung geworden, wenn man dem Forstrat solche bittere Mahlzeit vorgesetzt hätte. Nicht giftig, aber ungenießbar! — Doch was nun?

„Tom muß in die Stadt, ein paar Büchsen kaufen", sagte Frau Bruck entschlossen. „Und zwar sofort. Blamieren dürfen wir uns nicht, der Forstrat muß seine Pilze bekommen!"

Im Geländewagen jagten sie los: Tom am Steuer, Sabine neben ihm. Diane half unterdessen weiter in der Küche. Würden die zwei es schaffen, in einer Stunde zurück zu sein, damit pünktlich gegessen werden konnte?

„Diese Schande ... Pilze aus der Büchse in unserm Haus!" brummelte Bertel vor sich hin. Aber sie richtete alles, wie es sich gehört: neue Kartoffeln, zerlassene Butter, in der die Pilze — die Büchsenpilze! — kurz geschmort wurden, und viel frische Petersilie, die Bertel

in ihrem Zorn extra heftig und dabei ganz besonders fein hackte.

Herr Steiger erschien nicht zum Mittagessen. Aber der Forstrat war begeistert von dem Pilzgericht.

„Jaja", sagte er schmunzelnd, „so eine Pilzmahlzeit auf Eichenforst hat nicht ihresgleichen. Und die von heute", versicherte er Bertel ein paarmal, „die waren extra gut. So frische Pilze habe ich schon seit Jahren nicht gegessen."

Und er merkte gar nicht, daß die ganze Tischrunde sich das Lachen nur mühsam verbeißen konnte.

Nun gut – der Forstrat war auf den Schwindel hereingefallen.

„Aber auf den Schwindel vom Herrn Steiger falle ich nicht rein. Ich nicht!" versicherte Kuller-Bertel der Forstmeisterin. „Dem komme ich noch auf die Schliche!"

Kuller-Bertel entdeckt etwas . . .

„Irgend etwas stimmt in der Glockenmühle nicht", berichtete der Professor eines Tages. „Ich kam gestern abend vorbei und sah den alten Knecht vor dem Tor stehen. Bei meinem Anblick geriet er in große Aufregung und fuchtelte fürchterlich mit den Armen. Was er wollte, konnte ich nicht herausbekommen; er kann ja nur unverständliche Laute von sich geben. Dadurch wurde er immer wütender, schüttelte die Fäuste und deutete auf die Mühle. Ob er wohl dachte, ich wollte dort eindringen?"

Sabine sah Diane an und Diane Sabine. Hatte doch jemand etwas von ihrem nächtlichen Ausflug in die Mühle bemerkt? Ach, wären sie neulich nur gleich zu der alten Glöcknern gegangen und hätten ihr den Streich gestanden!

Dianes Vater ging am anderen Tag mit Tom zusammen an der Mühle vorbei. Sie lag ausgestorben wie immer. Daß die alte Glockenmüllerin verreist war, erfuhr der Forstmeister erst später. Daß aber der wunderliche Knecht noch da war, sollte er schnell erfahren. Der schoß nämlich plötzlich aus einem Verschlag hervor auf den Forstmeister zu, packte ihn am Arm und versuchte aufgeregt, ihm etwas mitzuteilen. Wie der Professor schon berichtet hatte: Er fuchtelte gewaltig mit den Armen, deutete zum Berg hinauf — in Richtung des Forsthauses —, dann wieder auf die Mühle und machte allerhand sonderbare Gebärden. Und mit den Fäusten drohte er auch.

„Auf irgend jemand muß er einen fürchterlichen Zorn haben", schilderte Tom später die Szene. „Vielleicht ist Herr Steiger mal an der Mühle vorbeigekommen und hat sich über den Alten lustig gemacht, weil er ja nicht wissen konnte, daß er stumm ist!"

Ach, Diane und Sabine wußten oder glaubten zu wissen, wem die Wut des alten Gottlieb galt. Heiß und kalt lief es ihnen den Rücken herunter.

„Ihr habt also nicht verstanden, was er meinte?" erkundigte sich Diane bei ihrem Vater.

„Du weißt doch, wie das bei dem alten Gottlieb ist", antwortete der Forstmeister. „Reden kann er nicht, und seine Zeichensprache zu verstehen ist ein Kunststück. Wie die beiden Frauen in der Mühle mit ihm fertig werden, ist mir ein Rätsel."

Diane atmete auf. Da waren sie also noch nicht verraten!

Es war Freitag, und freitags wurde auf Eichenforst das ganze Haus geputzt. Da erschienen aus dem Dorf die alte Frau Herrmann und ihre Enkelin Lisbeth. Kuller-Bertel regierte am Freitag unumschränkt. Der Förster, der Professor und die beiden Jungen verschwanden gleich nach dem Frühstück im Wald, bis mittags das Haus wieder „keimfrei" war, wie der Professor sagte. Diane und Sabine wollten sich drücken, weil sie in der Woche vorher von Bertel schonungslos eingespannt worden waren. Sie wurden es auch diesmal: Der richtige Zeitpunkt zur Flucht war verpaßt.

„Räumt den Tisch ab, spült und kommt dann ins Wohnzimmer!" Wie ein Feldherr teilte Bertel ihre Truppen ein — zum Angriff auf den Schmutz der vergangenen Woche.

Während die beiden Mädchen Messer, Gabeln und Löffel aus der Anrichte kramten, um sie draußen in der Küche mit einem Silbertuch blank zu reiben, stieg Kuller-Bertel in das Zimmer von Herrn Steiger hinauf. Sie wollte sich davon überzeugen, ob Lisbeth Herrmann auch keine der Ecken zu säubern vergaß. Denn wenn sie dem jungen Studenten auch nicht grün war — Ordnung mußte sein!

Bei ihrem Eintritt schob Lisbeth blitzschnell die Nachttischlade von Herrn Steiger zu, in der sie offensichtlich gekramt hatte. Das war in Bertels Augen etwas Unerhörtes.

„Was gibt es denn in der Schublade zu suchen, Lisbeth?" fragte sie strafend. Dann sah sie sich im Zimmer um, in dem das Mädchen bisher so gut wie nichts gemacht hatte. Na, das war doch wirklich die Höhe!

„Geh nach unten und hilf deiner Großmutter beim Aufräumen!" sagte sie energisch. „Das Zimmer hier werde ich übernehmen." Und gleich darauf hantierte sie mit Schrubber und Aufwischlappen. Dabei ging ihr die Frage durch den Kopf, womit sich Lisbeth so lange aufgehalten haben konnte, daß sie die Arbeit darüber vergessen hatte. Ob sie etwa in Herrn Steigers Briefen herumgestöbert hatte? Sie stellte den Schrubber in die Ecke, wischte sich die Hände an der Schürze ab und zog die Nachttischschublade auf. Tatsächlich, da lag eine Menge von Zettelkram drin herum, und gleich obenauf . . . Bertels Augen, die noch keine Brille zum Lesen brauchten, weiteten sich: gleich obenauf lag ein ausgerissenes Heftblatt mit einem Gedicht, dessen Überschrift „Kuller-Bertel" lautete.

Wie von selbst griff Bertels Hand nach dem Blatt und wie von selber begannen Bertels Augen zu lesen, was Herr Steiger mit säuberlicher Handschrift niedergeschrieben hatte. Aber schon nach den ersten Zeilen ließ sie sich wie eine Träumende auf dem Bettrand nieder. Es war ja auch wirklich nur schwer zu fassen: auf sie, die Bertel, hatte man ein Gedicht gemacht, eines, das sich an den Enden richtig reimte!

Zuerst einmal wischte sie sich die Rührungstränen aus den Augen, wozu sie den Schürzenzipfel benutzte. Dann regte sich in ihr der Wunsch, das Gedicht zu besitzen. Wie aber sollte sie das bewerkstelligen? Wenn sie es doch wenigstens abschreiben könnte — denn was darinnen stand, konnte sich wohl sehen und herumzeigen lassen! Wie wäre es, wenn sie das Blatt in der Schürzentasche verschwinden lassen und es nachher wieder zurücklegen würde? Aber nein, das war keine Lösung nach Bertels Geschmack. Und schließlich kam ihr die einzig richtige Idee: auf dem Bettrand sitzend, lernte sie Zeile für Zeile des Gedichts auswendig, und das war für Kuller-Bertel eine größere Mühe, als das ganze Haus von oben bis unten zu säubern.

Unterdessen hatte Lisbeth ihrer Großmutter berichtet, daß es mit Bertels Laune nicht zum besten aussah. Den Grund dafür hatte sie allerdings vorsorglich verschwiegen. So war die alte Frau Herrmann eigentlich ganz froh gewesen, daß Bertel ihnen eine Zeitlang nicht über den Weg gelaufen war. Die Forstmeisterin war die erste, der Bertels Abwesenheit auffiel. Als sie gerade Ausschau nach ihr halten wollte, sah sie Bertel in ihrem kleinen Stübchen verschwinden. Sie wird sich gewiß ein bißchen zurechtmachen wollen, dachte Frau Bruck. Sie konnte natürlich nicht ahnen, was Bertel in Wirklichkeit in ihrem Zimmer trieb: auf einem himmelblauen Briefbogen schrieb sie die ihr gewidmeten Verse eines Dichters nieder, Wort für Wort und Zeile für Zeile. Und das sah so aus:

An Kuller-Bertel
auf Eichenforst

O Kuller-Bertel, dein Morgenkaffee
erfreut mich immer vom Kopf bis zum Zeh.
Die knusprigen Brötchen, die goldgelbe Butter
erinnern mich an daheim und an — Mutter.
Und wenn du am Herd stehst, so weiß beschürzt,
die Suppe rührst und die Soße würzt
und den Braten wendest im siedenden Fett —
o Bertel, wie find ich dich herzig und nett.
Denn was du da kochst mit so fröhlichem Mute,
das kommt ja am Ende auch mir zugute!
Um eines nur bitt ich dich ganz bescheiden:
Sag auch zu mir mal, du könntest mich leiden!

„Und den hab ich als Schwindler entlarven wollen", schluchzte Bertel noch einmal vor sich hin, bevor sie das Gedicht unter einem Stoß Frottiertücher in ihrem Wäscheschrank verstaute. Dann gab sie Lisbeth zum zweitenmal den Auftrag, Herrn Steigers Zimmer zu säubern . . .

Hausputz und Hausbesuch

In diesen Hausputz hinein platzte nun obendrein ein ganz unerwarteter Besuch: die Glockenmüllerin — die alte Glöcknern. Sie erschien in einer uralten Kutsche, die sonst sicherlich in einem der verwahrlosten Nebengebäude ihrer Mühle stand. Der klapprige Gaul, der davorgespannt war — ja, wo hatte sie den bloß untergebracht? Kein Mensch wußte ja, daß sie ein Pferd besaß. Und der Kutscher war kein anderer als der stumme Gottlieb, der erst kürzlich den Professor und den Forstmeister bedroht hatte.

Es war wie eine Szene aus einem Theaterstück. Das seltsame Fuhrwerk rollte heran. Je näher es dem Forsthaus kam, um so närrischer bellten die Hunde. Frau Bruck und Bertel gingen zur Haustür, um den ungewöhnlichen Gast zu empfangen.

Gottlieb war inzwischen vom Kutschbock geklettert, so schnell es ihm seine alten Knochen erlaubten, und öffnete den Verschlag. Heraus stieg seine Herrin, die ganz anders aussah als gewohnt. Sonst trug sie alte Sachen, derbe lange Kleider und altmodische Schuhe. Aber jetzt war sie eine Dame in einem guten Kostüm, sah vornehm und gepflegt aus — nichts mehr von der alten Glöcknern, eher die Hausfrau eines schönen alten Herrensitzes, wie die Glockenmühle es wirklich einmal gewesen sein mochte.

Sie ging geradewegs auf Dianes Mutter zu, fragte: „Frau Forstmeister?" und stellte sich selbst als die Glokkenmüllerin vor. Diane, ihre Brüder und Sabine hatten die Kutsche bei der Ankunft bestaunt, sich aber schnell verzogen. Mit offenen Mündern standen Frau Herrmann und Lisbeth neben der Tür, als Frau Bruck ihren Gast ins Haus bat und Bertel anwies, eine Erfrischung ins Wohnzimmer zu bringen. Diane und Sabine waren längst mit hochroten Köpfen in ihr Zimmer geflüchtet. Die beiden Mädchen beobachteten nun hinter einer Gardine die Begrüßung draußen mit gemischten Gefühlen.

Sie ahnten, was die Glockenmüllerin nach Eichenforst führte, und wirklich: sie war eben dabei, einer gewissen Sache auf den Grund zu gehen.

„Anfangs schien es mir eine reichlich verworrene Geschichte zu sein", berichtete die Glockenmüllerin ihrer erstaunten Gastgeberin. „Mein guter alter Gottlieb kann ja nur durch Gebärden klarmachen, was er mir sagen will. Aber schließlich habe ich mir doch so allerhand zusammenreimen können. Jedenfalls sieht es so aus, als habe jemand aus dem Forsthaus meinem Gehöft einen nächtlichen Besuch abgestattet."

„Vom Forsthaus? Bei Ihnen? Das ist doch nicht möglich!" rief Frau Bruck kopfschüttelnd aus.

„Das hatte ich anfangs auch gedacht", entgegnete die Glockenmüllerin. „Aber dann fand ich hinter dem Haus diesen kleinen Anhänger mit dem eingravierten Namen ‚Diane'. Und Diane heißt doch Ihre Tochter, nicht wahr?"

Die Forstmeisterin sprang von ihrem Sessel auf, ging zur Tür, öffnete sie und rief mit unheilverkündender Stimme zur oberen Etage hinauf:

„Diane, komm sofort mal ins Wohnzimmer herunter!"

„Ja, ich komme ja schon!" Diane kam die Treppe herabgestolpert, und Sabine folgte ihr treulich. Sie konnte die Freundin doch nicht im Stich lassen!

„Kennst du diesen Anhänger?" fragte Frau Bruck ihre Tochter, nachdem die Mädchen den Gast begrüßt hatten.

„Ach, das ist ja meiner!" rief Sabine verblüfft. „Den hat Diane mir zum Geburtstag geschenkt, und ich habe ihn irgendwo verloren."

„Ja, hinter der Glockenmühle, wie ich eben hörte! Was habt ihr beiden da zu suchen gehabt?"

Die Mädchen wurden abwechselnd rot und blaß.

Endlich gab Diane sich einen Ruck.

„Wir wollten längst zu Ihnen gehen und uns entschuldigen", sagte sie zu der Glockenmüllerin. „Und wir wollten Sie außerdem bitten, ob wir uns nicht mal alles bei Tage ansehen dürfen. In der Nacht kommt einem alles so unheimlich vor — wie ein Spuk!"

„Wovon sprichst du eigentlich?" unterbrach ihre Mutter sie. „Für mich ist das Ganze bis jetzt ein heilloses Durcheinander!"

„Wir haben — eigentlich kam alles nur durch Ulrichs Gerede von dem Spuk auf der Glockenmühle", stotterte Diane.

„Aha, und da habt ihr ergründen wollen, was es mit diesem Spuk auf sich hat?" erkundigte sich die Glockenmüllerin. Und als Diane nickte, forschte sie weiter: „Da habt ihr euch also hinter dem Haus auf die Lauer gelegt?"

„Nein, nein — wir sind durchs Fenster eingestiegen." So, nun war es heraus! Und Diane berichtete das ganze nächtliche Abenteuer. Ihre Mutter war entsetzt. Daß sie aber auch gar nichts davon gemerkt hatte!

„Eigentlich wollten wir gleich am Morgen in die Glokkenmühle gehen und uns entschuldigen", sagte Diane. „Aber wir hatten doch in der Scheune übernachten müssen und hatten gar keinen Mut mehr. Hinterher erst recht nicht."

„Kinder, Kinder!" rief die Mutter.

Doch die Glockenmüllerin wehrte ab. „Wir hätten das Fenster eben nicht auflassen dürfen. Und daß ihnen der vermeintliche Spuk keine Ruhe ließ, das verstehe ich schon. Ich bin ja schließlich auch mal ein Mädchen in ihrem Alter gewesen, und da weiß ich, wie interessant einem alles vorkommt, was mit Spukgeschichten zusammenhängt. — Aber nun möchtet ihr euch die Uhren lieber am Tage anschauen?"

Diane und Sabine nickten eifrig.

„Nun, dann müßt ihr mich mal besuchen, aber diesmal bitte nach vorheriger Anmeldung", sagte die Glockenmüllerin und lächelte.

Der Wald brennt!

Es war ein warmer, schwüler Augustabend. Seit Tagen lag brütende Hitze über dem Land, und selbst der schattige Laubwald bot nicht mehr die Kühle wie sonst. Die Getreidefelder im Tal waren leer. Das Korn war längst eingebracht, höchstens hier und da stand noch ein Feld Hafer „auf dem Halm", wie die Bauern sagten.

„Nun brauchen wir Regen", meinten sie. „Die Kartoffeln müssen wachsen. Und die Rüben."

Im Forsthaus gab es meist genug Wasser. Die Quellen ringsum belieferten den großen Brunnen hinter dem Haus, wenn einmal die Wasserleitung versagte. Mußte der Garten gegossen werden, pumpte man immer die große Tonne voll, die neben dem Brunnen stand. Und wenn die Mädchen bei der Hitze zu faul oder zu müde waren, ins Bad beim Dorf oder an einen Weiher in der Umgebung zu gehen, dann stellten sie sich einfach im Badeanzug an den Brunnen und duschten sich gegenseitig ab. Das ging nicht ohne Gekreisch ab, und meist erschienen dann auch die Jungen, um den Pumpenschwengel noch kräftiger zu bewegen.

In den letzten Tagen aber hatte dieses Vergnügen ein Ende. Die Quellen flossen spärlicher, das Wasser wurde kostbar. Jeden Abend und jeden Morgen schleppten sie alle Gießkannen und Eimer, um die dürstenden Pflanzen zu versorgen.

„Vielleicht gibt es heute Gewitter", sagte Dianes Mutter. „Dort hinten im Westen scheint sich etwas zusammenzubrauen."

„Not täte es!" Der Forstmeister sah sorgenvoll hinüber zu den Wolken, die schwärzer schienen als der dunkle Abendhimmel. „Nur darf es nicht gleich zu schlimm kommen mit dem Wetter. An manchen Stellen ist der Wald strohtrocken. Meine Leute passen schon wie die Luchse auf, daß sich nichts entzündet."

Sorgsam und umständlich löschte er die Pfeife, als wollte er all den unbekümmerten Waldgängern zeigen, wie man es machen soll: „Kein Fünkchen darf niederfallen! Kein Feuer, sobald man den Waldboden betritt — nicht an der Zigarette, nicht an den Rastplätzen!"

Gute Nacht!

Eine halbe Stunde später lag das Forsthaus in tiefstem Frieden. Kein Vogellaut, nicht einmal ein Eulenruf war zu hören . . .

Diane fuhr aus dem Schlaf hoch. Ein Blick auf das Leuchtzifferblatt ihrer Uhr: eins vorbei. Draußen auf dem Dach gellte die Sirene Feueralarm!

Sabine schlief. Diane griff nach den Jeans, die sie abends immer für den Frühspaziergang bereitlegte, zog sie an und schlich hinaus.

Unten war alles lebendig: Der Forstmeister stand im Hof und gab Anweisungen an die Jagdgehilfen, an Kasper und Ulrich. Tom fuhr gerade den Geländewagen aus der Garage. Vom Dorf her tutete die Feuerwehr den Berg herauf, dazwischen klang das Sturmgeläut vom Kirchturm.

Die Mutter stand in der Küche. Bertel schloß den Geräteschuppen neben der Garage auf. Darin standen viele Spaten, Hacken, Feuerhaken, eiserne Leitern, Eimer — alles Gerät für den Katastrophenfall. Bauern rückten mit Traktoren an, und Bertel gab ihnen Werkzeuge, damit sie zur Brandstelle weiterfahren konnten.

„Was ist?" erkundigte sich Diane.

„Bei den hohen Tannen hat der Blitz eingeschlagen", berichtete die Mutter. „Hast du nichts von dem schrecklichen Gewitter gehört? Vater ist schon seit Mitternacht wieder auf den Beinen, weil er mit so etwas rechnete. Dann kam ein Anruf von der Hütte am Kesselberg, wo letzte Woche die Holzfäller eingezogen sind. Geh mal hinauf in unser Schlafzimmer, da siehst du den Brand!"

Wie eine Riesenfackel leuchteten die brennenden Bäume in den Nachthimmel. Dazwischen zuckten Blitze des abziehenden Gewitters über den Himmel. Es war ein großartiges Bild, und Diane sah eine Weile wie gebannt hinaus. Dann ging sie wieder hinunter. Der Hof war leer, die Männer waren alle unterwegs. Am Telefon saß der Professor und gab Bericht an das Forstamt. Die Mutter und Bertel setzten große Kessel voll Wasser auf, um den Männern draußen heißen Tee bringen zu können.

„Kann ich mitfahren?" fragte Diane, als ihre Mutter drei große Milchkannen füllte und zu ihr sagte:

„Komm, faß mal an, daß wir sie ins Auto schaffen!"

Bertel hatte ganze Batterien Blechtassen in Körbe getan. Einen Augenblick überlegte Frau Bruck. Dann nickte sie Diane zu:

„Ja, fahr mit. Kannst einschenken helfen! Wo ist Sabine?"

„Sie schläft."

„Dann laß sie schlafen. Wenn sie von dieser Unruhe nichts gemerkt hat, braucht sie den Schlaf nötig. Der Professor bleibt ja im Haus. Und Bertel auch."

Die Forstmeisterin setzte sich ans Steuer, Diane neben sie.

Zuerst ging es die Straße entlang. Dann bog die Mutter in einen Waldweg ein. Über Stock und Stein ratterte und ruckelte der Wagen vorwärts. Von der Brandstelle

kam solch ein heller Schein, daß sie die Richtung gar nicht verfehlen konnten. Und dann waren sie dort!

Der Brand hatte sich schnell ausgebreitet. Wie Zunder hatte das dürre Gras in den kleinen Lichtungen Feuer gefangen und weitergetragen. Tannen und Fichten verkohlten. Auch Laubbäume entzündeten sich.

Im Schein des Feuers sahen sie die Männer arbeiten: Sie hoben einen Graben rings um das gefährdete Gebiet aus, über den das Feuer nicht springen konnte. Andere rissen mit großen Feuerhaken brennende Äste zu Boden, damit der entstehende Wind die Funken nicht weitertrug.

Die Feuerwehrleute und der Forstmeister leiteten die Arbeiten, packten aber selber auch immer wieder zu. Es schien, als brächten sie den Brand bald unter Kontrolle.

Die Bauern waren so eifrig und fleißig, als ginge es um den eigenen Hof. Der Wald — das war eben ein gemeinsames Gut, selbst wenn es Staatswald war. Und so, wie manche Bauern immer wieder mal wilderten aus dem Gefühl heraus: Der Wald gehört uns allen! — genauso und viel mehr noch hatten sie jetzt in der Gefahr das gleiche Empfinden und verteidigten diesen Wald gegen alle Vernichtung.

Wie viele Tiere mochten wohl elend zugrunde gehen, die in ihren Höhlen vom Feuer überrascht worden waren und sich nicht mehr retten konnten? Ab und zu klang ein klägliches Schreien aus der Brandstelle. Diane fuhr jedesmal zusammen, wenn sie es hörte. Ihre Mutter hatte einen Kessel aus dem Wagen herausgeholt, einen Korb mit Tassen dazu.

„Bleib hier — schenk aus!" sagte sie zu Diane. Sie selber fuhr weiter.

Die durstigen Männer hatten bald gemerkt, daß eine Erfrischung auf sie wartete. Einer nach dem andern kam heran — aber wirklich nur einer nach dem anderen. Sie wußten, daß sie dem Feuer, diesem gefährlichen Feind, keine Einbruchstelle geben durften. Einmal tauchte der Forstmeister auf.

„Wo ist Mutter?" fragte er kurz, und Diane zeigte die Richtung, in der die Mutter gefahren war. Bald kam sie zurück.

„Ich habe Ulrich zum Einschenken abgestellt", sagte sie zu Diane. „Ich muß einen Verletzten ins Forsthaus bringen. Warte, bis ich zurückkomme."

Was war das für eine Nacht!

Nie vergaß Diane diese Minuten, als sie dastand und den Männern zusah, die mit einer der Urgewalten kämpften, mit dem Feuer.

Ulrich schleppte die leeren Kannen heran und zog wieder ab, um weiter zu helfen. Ab und zu fragte jemand: „Noch ein bißchen Tee da?", und Diane war froh über den Rest, den sie übrig hatte. Es roch nach Rauch, sie mußte wieder und wieder husten. Manchmal hörte sie fernes Donnergrollen, und dann fing es endlich an zu regnen!

„Gott sei Dank!"

Das war ein ehrliches, kurzes Dankgebet, das einer wie der andere so empfand, nicht das gedankenlose Geplapper, das man so oft unbedacht daherredet.

Nun war die Arbeit bald zu Ende. Aus dem Regen wurde ein Guß, und bald waren alle pladdernaß. Was machte es! Ihre Arbeit war getan, erfolgreich getan, denn die Regenwolken löschten nur noch aus, was etwa neues Unheil hätte bringen können.

Der Forstmeister suchte Diane.

„Mutter ist noch nicht wieder da? Dann steig ein!" Er wuchtete die Kannen auf den Geländewagen, mitten zwischen die Leute, die er darauf eingesammelt hatte, zog Diane neben sich und fuhr los.

„Die Geräte bitte auf Eichenforst abliefern!" rief er hinaus.

Im Forsthaus war der Hof hell erleuchtet. Irgendwo sah Diane jetzt auch die Freundin hin und her laufen, gewiß eifrig mit an der Arbeit. Das Auto des Arztes — den Professor Wittig herbeigerufen hatte — stand neben der Haustür. Es stellte sich heraus, daß der Verunglückte, den die Forstmeisterin weggebracht hatte — ein Bauernbursche, dessen Arm durch einen herabfallenden Ast gebrochen war —, nicht das einzige Opfer geblieben war. Unterwegs hatte Frau Bruck einen zweiten Mann aufgelesen, der halb bewußtlos am Weg lag: er hatte wohl ein bißchen zuviel Rauch geschluckt. Es war Herr Steiger. Nun lag er wohlversorgt auf seinem Bett, und Bertel betreute ihn, streng nach ärztlicher Verordnung. Der Feuerwehrhauptmann hatte Frau Bruck berichtet, daß der junge Student beim Alarm sofort zur Stelle gewesen war und tapfer mit zugepackt hatte. Herr Steiger war also nicht nur ein Dichter, sondern auch ein Held, und Bertel bewunderte ihn nun um so mehr. Ihr Gute-Nacht-Gruß klang alles andere als kriegerisch, und Herr Steiger lächelte ihr dankbar, wenn auch noch etwas schwächlich, zu.

Beim gemeinsamen Abendbrot meinte der Forstmeister, der auch noch einen Blick in Herrn Steigers Zimmer geworfen hatte, zu den anderen:

„Er mag wohl ein bißchen wunderlich sein, unser Gast, aber daß er das Herz auf dem rechten Fleck hat, das habe ich ihm gleich angesehen, nachdem er die Sonnenbrille runtergenommen hatte." Und an Bertel gewandt fügte er hinzu: „Ich glaube, man könnte ihm nun auch die Gallenröhrlinge vergessen, was, Bertel?"

„Das hab ich schon längst getan", versicherte Bertel und dachte an einen himmelblauen Briefbogen unter den Frottiertüchern in ihrem Kleiderschrank.

Bei der Glockenmüllerin

„Jetzt müssen wir endlich in die Glockenmühle", sagte Diane. „Wir wollen uns doch die Uhren anschauen. Und nun können wir der alten Glöcknern" — nach einem Seitenblick zur Mutter verbesserte sie sich: „der Glockenmüllerin meine ich — auch ehrlich gegenübertreten."

Alle wollten mitkommen: Diane und Sabine, die nächtlichen Einbrecher — Tom und Ulrich, die zuerst vom Spuk gesprochen hatten —, aber auch die Eltern und der Professor, die gern einen Blick in das alte schöne Haus geworfen hätten. Also meldeten sie sich an.

Die Glockenmüllerin schickte eine herzliche Einladung. An einem warmen Spätnachmittag zogen sie los. Die Mädchen hatten einen Riesenstrauß der schönen blauen Waldglockenblumen gepflückt — Glockenblumen für die Glockenmühle —, und Professor Wittig hatte aus seinem Andenkenschatz eine kleine Kostbarkeit herausgesucht: eine winzige Wanduhr aus zartem weißen Biskuitporzellan, mit kleinen Röschen bemalt, einem zierlichen Perpendikel und einem Gewicht zum Aufziehen. Über der Uhr war eine kleine Glocke angebracht, ein heller, zarter Wecker.

„Diese Uhr entdeckte ich einmal auf einer Reise", erklärte er. „Sie scheint mir nun dort am rechten Fleck zu sein. Und gleichzeitig ist diese Gabe eine Sühne für den Vorwitz unserer Mädchen." Dabei lächelte er die Freundinnen an.

Zu fünf Uhr waren sie gebeten — „lieber ein paar Minuten eher" —, und dieser Zeitpunkt war gut gewählt. Sie standen noch im Vorraum, dicht bei dem Fenster, das in jener Nacht offen gewesen war. Die Tür zur Halle war weit geöffnet, und als sie langsam in diese Richtung gingen, da erhob sich ein vielfaches Geläut, ein Schlagen, Bimmeln und Spielen, so daß sie neugierig eintraten.

Uhren, Uhren, Uhren . . .

Sie lauschten, bis dies „Konzert um fünf" zu Ende war, und überreichten dann ihre Gaben.

Der Teetisch war im Nebenzimmer gedeckt, ein freundlicher Tisch, der mit den schönen alten Tassen und dem

Silber Geschmack und ehemaligen Reichtum verriet und der außerdem leckere Dinge bot.

Sie hielten sich nicht lange dabei auf. Zu groß war die Spannung auf einen Rundgang durch das seltsame Haus. Wer hätte hinter dem baufälligen Gemäuer diese Räume mit gewölbten Decken, stuckverzierten Wänden und dem gedrechselten Treppengeländer vermutet?

Die Besitzerin dieses verwunschenen Hauses — heute wieder im Auftreten und Aussehen eine wohlhabende, gebildete Dame — erzählte. Und sie taute immer mehr auf, je deutlicher sie die Anteilnahme und das Interesse ihrer Zuhörer wahrnahm.

Ihr Mann hatte diese Mühle als junger Mensch geerbt, von einem alten Onkel, der als sonderbarer Junggeselle verschrien war und den in der ganzen Familie kaum einer kannte. Der glückliche Erbe war Architekt. Was sollte er mit der Mühle anfangen? Aber dann hatte ihn der schöne Bau interessiert. Und er hatte obendrein in einem Zimmer eine merkwürdige Sammlung gefunden, die sein Onkel zusammengetragen hatte: alte Spieluhren, die wahrscheinlich aus der Umgebung stammten, und ein paar große Standuhren, die jede ein richtiges Glockenspiel hatten. Wer hätte so etwas in der abgelegenen Mühle gesucht? Was mochte der alte Müller für ein Mensch gewesen sein?

Die Uhren taten es jedenfalls dem Neffen an, und nun suchte er überall, wohin er kam, nach alten, originellen Uhren. In Ungarn, in der Steiermark, in Italien fand er seltene Stücke. Eine wahre Sammelleidenschaft packte ihn und ließ ihn nicht mehr los. So hängte er schließlich seinen Beruf an den Nagel und zog selbst in die Mühle.

„Ja, auch nach unserer Heirat tickten die Uhren", sagte die Glockenmüllerin lachend. „Dafür klapperte das Mühlrad nicht mehr. Wir verkauften Land und lebten von dem Erlös. Es störte uns nicht, daß man uns für verrückt und unser sonderbares Haus für ein Geisterhaus hielt."

Nachdenklich fuhr sie fort:

„Vor seinem Tod hat mein Mann sogar begonnen, ein Buch über Uhren zu schreiben. Ich habe versucht, die Seiten zu ordnen und einen Menschen zu finden, der das Buch zu Ende schreiben könnte. Doch wer käme hierher in diese Einsamkeit, und sei es auch nur für ein paar Wochen?"

Diane sah den Professor an, und ihre Mutter tat das gleiche. Der alte Herr merkte es, sagte aber nichts. Um so genauer betrachtete er dann all die verschiedenen Stücke, die Zifferblätter mit den derbbäuerlichen Malereien, den zierlichen Biedermeiermustern und den frommen Mahnungen über Zeit und Vergänglichkeit —, Uhren mit Säulen und Aufbauten, die Palästen nachgebildet schienen, Uhren unter Glasglocken, deren Triebwerk sich unaufhörlich hin- und herdrehte, als hätte man für sie das Geheimnis des Perpetuum mobile, der ständigen, unendlichen Bewegung, endlich gelöst.

Diane und Sabine suchten die Stücke, die sie in jener Nacht so erschreckt hatten: die arbeitenden Schmiede, die Tänzer, die sich beim vollen Stundenschlag in Bewegung setzten. Und sie entdeckten noch manch ähnliche Spielerei . . .

Es war eine unbeschreibliche Fülle.

„Und nun halten Sie das alles in Ordnung?" fragte Dianes Mutter schließlich.

Die Glockenmüllerin nickte.

„Es ist mein Leben", sagte sie. „Solange ich es ringsum ticken und schlagen höre, fühle ich mich wohl. Und ich will das Vermächtnis meines Mannes pflegen, solange ich kann. Nur sein Buch, das wird wohl ungeschrieben bleiben müssen."

„Vielleicht kann ich Ihnen helfen", sagte der Professor und lächelte, als er Diane aufatmen sah. „Wollen Sie mich einmal anschauen lassen, was fertig ist und was er weiter aufgezeichnet hat?"

So entstand aus dem mutwilligen nächtlichen Abenteuer der vier Mädchen eine schöne Freundschaft zwischen Glockenmühle und Forsthaus.

Das schönste Geburtstagsgeschenk

Eines Nachmittags fuhr der Forstmeister nach Hohnstein.

„Soll ich mitkommen, Vati?" erkundigte sich Tom. „Eigentlich kannst du dir ja einen Chauffeur leisten."

„Diesmal nicht, mein Junge", sagte der Vater. „Ich weiß nicht, wann ich zurückkomme. Wartet nicht auf mich, wahrscheinlich wird es spät."

Als das junge Volk schon im Bett lag und auch der Professor gute Nacht gesagt hatte, wurden die Hausfrau und Bertel noch einmal geschäftig: Sie deckten in der Wohnstube den Tisch und richteten ein Gästezimmer. Gegen elf kam das Auto zurück. Leise traten zwei Reisende — der Forstmeister und eine Dame — ins Haus, und es gab im Zimmer eine angeregte Unterhaltung.

Die übrigen Bewohner von Eichenforst schliefen. Nur Diane war noch wach. Sie konnte nicht schlafen und hatte schon lange angestrengt gelauscht. Endlich hielt sie es nicht mehr aus. Leise — damit Sabine nicht wach wurde — zog sie im Dunkeln den Morgenrock über und schlich aus dem Zimmer, die Treppen hinunter zur Wohnstube. Als sie vorsichtig die Tür öffnete, sah die Mutter auf.

„Diane, schläfst du noch nicht?"

Aber ihre Tochter war schon zur Tür hereingeschlüpft und dem Gast um den Hals gefallen.

„Diane, Kind", sagte der Gast. „Wie klug hast du alles gedeichselt! Und wie nett haben die Eltern sich alles ausgedacht. Ich bin ja so gespannt auf morgen!"

„Und deshalb werden wir alle jetzt schleunigst schlafen gehen", sagte die Hausfrau. „Aber leise, damit unser Geheimnis bis zur letzten Minute eines bleibt!"

Wieder einmal wurde Sabine morgens nicht gestört. Diane holte den versäumten Schlaf nach. Außerdem hatten ihre Eltern für diesen Morgen den Waldspaziergang abgeblasen.

So geschah das Unerhörte: Sabine war eher wach als die Freundin. Sie begriff das nicht. Aber sie dachte: Steh ich also mal eher auf und überrasche Diane! Und dann fiel ihr ein, was für ein besonderer Tag es war. Sie zog sich leise an — das Waschen konnte sie später nachholen — und schlich genauso vorsichtig aus dem Zimmer wie Diane in der Nacht.

Sie wußte, wo die wunderschönen zarten großblütigen Glockenblumen standen, die sie für ganz edle Gartenpflanzen gehalten hatte, als sie zum ersten Mal in einer Vase auf dem Tisch standen. Von diesen Blumen wollte sie dem Professor einen Strauß pflücken. Er liebte diese Glocken ganz besonders!

Eine halbe Stunde später kam Sabine zurück. Dicht vor dem Forsthaus hielt sie an. Dort drüben kam der Professor! Er hatte nicht auf seinen Morgenspaziergang verzichtet. Wahrscheinlich war er übers Hainfeld gegangen, von dem aus man über die Wälder bis zum Stolberger Tal hinübersah. Hatte er nicht einmal erzählt, daß er in seiner Kindheit dort gewohnt hatte?

Sabine lief ihm entgegen und streckte ihm ihren Strauß hin:

„Viel Glück zum Geburtstag, Herr Professor!"

„Kleine Sabine!" Der Professor strich ihr übers Haar. „Ich freue mich sehr über deinen Strauß. Und ich freue mich, daß du Dianes Freundin bist."

Zusammen gingen sie zum Forsthaus.

„Da kommen ja alle beide!" rief Diane. „Wir suchen euch schon! Wo wart ihr denn? Heute sollte es doch keinen Waldspaziergang geben! Und weshalb bist du denn von allein wach geworden, Sabine?"

„Von allein — ja, weckst du sie denn sonst auf?" fragte die Mutter, die auch vors Haus trat. „Ich habe es dir doch verboten, Diane!"

„Sie weckt mich nicht", versicherte Sabine. „Aber sie ist immer ein bißchen früher wach als ich."

„Kommt jetzt endlich rein!" rief Diane. „Wir haben sehr gewartet."

„Sabine hat mir den Strauß gepflückt, und wir haben uns eben draußen getroffen", berichtete der Professor.

„Bitte hier hinein!" Dianes Mutter öffnete die Tür zum großen Wohnzimmer. Alle waren sie versammelt: der Forstmeister, Tom, Ulrich und Bertel. Ein Geburtstagstisch war aufgebaut, mit vielen Blumen, einem großen Kuchen in der Mitte und allerlei Geschenken.

„Lieber Freund!" — „Onkel Professor!" Alle gratulierten und schüttelten dem Geburtstagskind die Hände.

„Und nun noch ein Gast", sagte die Forstmeisterin und öffnete die Tür zum Nebenzimmer. Diane stand da wie ein Kind, das auf den Weihnachtsmann wartet.

„Mutter!" rief Sabine überrascht.

„Ein ganz besonderes Geburtstagsgeschenk wartet auf Sie, lieber Professor", sagte Dianes Mutter. „Dies ist Sabines Mutter und die Tochter Ihres verschollenen Bruders."

„Meines Bruders ..." Der Professor mußte sich setzen. „Wie — wie ... Ich verstehe nicht."

„Onkel Professor, du hast doch dein großes Buch deinem Bruder gewidmet. Stephen Witt nennst du ihn", rief Diane.

„Ja, so stand auf seinen Briefen als Absender. Er hat wahrscheinlich den Namen drüben in Amerika etwas geändert."

„Und Stephen Witt hieß mein Vater", sagte Sabines Mutter. „Ich weiß, daß sein eigentlicher Name Wittig war."

„Ja, und Sabine hat mir damals gleich gesagt: So hieß mein Großvater. Und da habe ich mir gedacht ..."

„Kombiniere", sagte Ulrich grinsend.

„Ja, ich habe kombiniert", Diane nickte. „Und ich habe Sabines Mutter geschrieben ..."

„Aha, der geheimnisvolle Brief!"

„Den ihr zum Glück nie erwischt habt! Na ja, und dann stimmte, was ich vermutet hatte."

„Und wir haben bloß diesen Tag abgewartet, damit unser lieber Professor eine richtige Geburtstagsüberraschung bekam", ergänzte die Mutter.

„Meine Nichte! Meine richtige Nichte! Und die kleine Sabine ist meine Großnichte!" Professor Wittig schüttelte den Kopf. „So lange war ich allein — nein, nicht allein", sagte er mit einem Lächeln, „aber ohne eine eigene Familie. Und nun habe ich gleich zwei Menschen, die zu mir gehören ..."

Diane mußte plötzlich furchtbar weinen. „Onkel Professor, lieber Onkel Professor", rief sie und umarmte ihn.

„Diane, du hast mir das liebste Geburtstagsgeschenk gemacht, das es überhaupt geben konnte."

Endlich legte sich die Aufregung. Sie setzten sich an den Kaffeetisch.

„Kann man mit Kaffee Brüderschaft trinken?" fragte der Professor. „Komm, Sabine, gib mir einen Kuß!"

Er war außer Rand und Band — so sagten alle später.

Dann ging's ans Erzählen. Sabines Mutter hatte ein Bild ihres Vaters mitgebracht. Sie schilderte, wie er sein Haus verloren hatte, weggezogen war aus der Stadt, in der er zuerst gewohnt hatte, und wie er schlimme Jahre durchstehen mußte. Als er dann endlich wieder genug Geld verdiente, hatte er geheiratet und immer davon geredet, bald in die Heimat zurückzukehren. Aber dann war er plötzlich krank geworden und gestorben.

Welch ein Zufall, daß Sabine und Diane sich in der Schule begegnet und Freundinnen geworden waren!

Sabines Mutter gefiel allen. Und als sie wieder nach Hause fuhr — diesmal durfte Tom als Chauffeur einspringen —, da stand es für die Mädchen fest: Nach den Ferien durfte Diane bei Sabines Mutter wohnen!

Ein Unfall — und noch allerlei

Diane war ein Draufgänger. Das wußten ihre Eltern, aber das hatte auch Sabine längst gemerkt. Sie bewunderte die Freundin heimlich deswegen. Denn Sabine selber war ängstlich. Sie überlegte eher einmal zuviel als zuwenig.

Gegensätze ziehen sich an, vielleicht war Diane gerade deshalb Sabines Freundin geworden, weil sie selbst den eigenen Vorwitz oft verwünschte und lieber Sabines langsame Art gehabt hätte?

Jedenfalls mußte sie eines Tages wieder einsehen, daß ihre ungestüme Art unangenehme Folgen haben konnte. Sie wollten ins Dorf hinunter, einkaufen und dann Christel und Marion besuchen. Die mußten ja doch endlich erfahren, daß die Glockenmüllerin sogar im Forsthaus erschienen und daß bei diesem Besuch auch ihr nächtliches Abenteuer in der Mühle ruchbar geworden war.

„Wir fahren mit den Rädern!" schlug Diane vor. „Sabine, du kannst das von meiner Mutter haben!"

Sabine dachte an die Kurven und an den steilen Weg hinab, aber Diane schob solche Bedenken beiseite.

„Halb so wild!" sagte sie. „Was meinst du, in welchem Tempo ich den Berg schon hinuntergesaust bin?"

Allzu ängstlich wollte Sabine sich nicht zeigen. Aber sie fuhr langsam, bremste, so gut ihr das möglich war. Diane lachte. Und plötzlich rief sie:

„So ist's erst der richtige Spaß!"

Dabei stellte sie die Füße auf die winzigen Vorsprünge der Vorderradgabel, da, wo sie mit dem Rohr zur Lenkstange zusammenstieß. Und jauchzend sauste sie um die nächste Kurve. Sabine war erschrocken, das war doch sehr gefährlich! Als sie um die Kurve herumfuhr, war von Diane nichts mehr zu sehen. Doch hinter der nächsten Biegung — da lag sie im Straßengraben! Das Rad hing am Wegrand. Diane rührte sich nicht. Und nun war Sabine mit einemmal gar nicht mehr vorsichtig. Sie sprang ab, mitten auf dem steilen Weg, warf das Rad hin und stand im nächsten Augenblick neben der Freundin.

Behutsam faßte sie nach ihrer Hand, drehte ihr vorsichtig den Kopf ein wenig. Diane schlug die Augen auf.

„Was ist denn?" fragte sie, kam aber schnell zu sich und hatte sogar gleich den Spott bei der Hand.

„Übermut tut selten gut!" zitierte sie, und Sabine atmete auf. Wenn Diane spotten konnte, dann hatte sie sich gewiß nichts Schlimmes getan.

Doch mit dem Aufstehen haperte es, wahrscheinlich hatte sie sich etwas verstaucht oder verzerrt oder vielleicht sogar gebrochen.

„Ich hole Hilfe", sagte Sabine. „Bleib ganz ruhig liegen und mach keine falsche Bewegung."

Sie sah sich um: fast waren sie im Dorf, die Kirchturmspitze guckte schon heraus. Also fuhr sie am besten dorthin und nicht zum Forsthaus zurück.

Sabine bremste kaum. Alle Angst war von ihr abgefallen bei dem Gedanken: Hilfe für Diane holen! Im ersten Hof bat sie die Bäuerin, doch jemand hinaufzuschicken. Die Bäuerin war eine kluge und praktische Frau: sie winkte dem Knecht, der gerade eine Fuhre Grünfutter ablud: „Nimm den Wagen, so wie er ist, und fahr los. Da hat Diane eine weiche Unterlage für den wehen Fuß, oder was sie sich sonst geholt hat!"

Sabine setzte sich auf den Wagen, die Bäuerin ebenfalls, und sie kamen bald an der Unfallstelle an.

„Na, Diane, hat's dich wieder mal erwischt?" fragte die Bäuerin gutmütig. „Mädchen, du wirst aber auch nicht gescheit! Bist immer noch der gleiche Übermut wie früher."

Sabines Rad war auf dem Hof zurückgeblieben, Dianes wurde mit auf den Wagen geladen, und dann ging es in gemächlichem Gang den Berg hinauf, den Diane mit Schwung hinuntergeradelt war. Ihre Mutter bekam natürlich einen Schreck, aber sie war an schnelles Handeln gewöhnt. Unfälle gab es im Forsthaus ja oft genug.

Es dauerte nicht lange, da lag Diane, die jetzt tüchtige Schmerzen hatte, sie aber tapfer unterdrückte, auf der Couch im Wohnzimmer, und Bertel legte ihr kühle Umschläge auf die Stirn. An den Beinen durfte niemand etwas tun, ehe der Arzt da war, und den hatte die Forstmeisterin inzwischen angerufen.

Nun — zum Glück kam Diane glimpflich davon. Eine Verstauchung am linken Fuß, ein paar Schürfungen und ein paar blaue Flecken waren die Folgen des Sturzes. Daß sie in den nächsten Tagen nicht hinaus konnte, sondern stilliegen mußte, war für sie aber eine harte Strafe.

Sabine leistete ihr Gesellschaft. Sie spielten Mensch-ärgere-dich-nicht, Mühle oder Halma, sie lasen, und sie fingen sogar einmal an, ein bißchen Englisch zu üben! Doch Dianes Eltern waren nicht einverstanden damit, daß Sabine den ganzen Tag im Zimmer blieb. Und am meisten widersprach Diane selber, wenn die Freundin durchaus nicht weggehen wollte.

„Du darfst doch Onkel Professor nicht allein am Morgen loswandern lassen!" sagte sie eindringlich. „Besonders, da er nun doch auch dein Onkel ist, dein richtiger sogar, mußt du einfach mitgehen."

Dieser Grund leuchtete Sabine ein. Nun konnte sie sich ja auch endlich einmal von ihrem Großvater erzählen lassen. Von ihm wußte sie überhaupt nichts. Und daß sie den Onkel — ihren richtigen und einzigen Onkel — einmal ganz für sich haben würde, das fand sie besonders schön.

Professor Wittig schien ganz besonders fröhlich. Ob er sich auch auf unseren Allein-Spaziergang freut? schoß es Sabine durch den Kopf.

„Nun, Sabine", fing er an, „jetzt frag mal drauflos!"

Verwundert schaute sie ihn an. Konnte er Gedanken lesen?

„Ich sehe es dir doch an der Nasenspitze an, daß du ein Dutzend Fragen auf dem Herzen hast. Und was für Fragen das sind, weiß ich auch."

Er erzählte ihr viel von seinem Zuhause, von den Eltern — Sabines Urgroßvater und Urgroßmutter —, von der kleinen Stadt, in der sie gewohnt hatten, und vor allem von seinem Bruder, der eines Tages fortgereist und für immer verschwunden war.

„Und nun habe ich doch sein Enkelkind gefunden!" schloß er herzlich und strich Sabine über den Kopf. „Paß auf", sagte er dann, „ich führe dich heute zu einem Haus,

das sogar Diane wahrscheinlich noch gar nicht kennt. Da kannst du ihr einmal etwas Besonderes in ihrem Wald zeigen, wenn ihr das nächste Mal wieder zusammen losziehen werdet!"

Sie stiegen einen Pfad hinauf, den man erst bemerkte, wenn man um einen riesigen Felsblock herumging. Fünfzig Schritt krochen sie halb unter den dichten Büschen entlang, die von beiden Seiten über dem kleinen Weg zusammenschlugen. Dann standen sie plötzlich an einem Gatter. Kein Tor war da, aber eine kleine Treppe aus Brettern und festen Stämmen neben einer dicken Buche führte an einer Seite des Gatters hinauf, an der anderen wieder hinunter.

„So muß man oft über Wildgatter steigen, besonders in den Bergen", erzählte der alte Herr, als sie drüben standen.

„Was gibt's denn hier für besonderes Wild?"

„Hier? — Gar keines! Hier wohnen nur in aller Verschwiegenheit ein paar Menschen — ein alter Bildhauer und seine Frau."

„So ganz allein?"

„Ja — seit drei Jahren etwa. Dianes Eltern kennen die beiden natürlich. Sie besuchen sie sogar ab und zu. Sonst weiß nicht einmal im Dorf jemand von ihnen. Sie gehören zu der Ortschaft Haidhausen — hinter dem Berg da drüben. Aber auch dort wissen wenige Leute von ihnen, höchstens der Bürgermeister und der Posthalter, bei dem sie Zeitungen und Briefe abholen, und vielleicht der Kaufmann."

Das klang geheimnisvoll!

„Darf ich denn mit zu ihnen?"

„Sie sind jetzt verreist. Dianes Vater und ich haben die Schlüssel bekommen, damit wir immer mal nach dem

Rechten sehen. Komm nur mit, es hat niemand etwas dagegen!"

Der Weg blieb noch eine Strecke weit schmal, dann aber — hinter einer dichten kleinen Fichtenhecke — war plötzlich eine wunderschöne Wiese mit einem Haus. Kein großes Haus, aber ein ganz besonders hübsches.

Das Dach ging tief herunter, am Giebel vorn war es noch einmal abgeschrägt — „Ein Walmdach", erklärte der Professor. Und nach Norden hin war ein breiter Raum angebaut, dessen Wände fast nur aus Glas bestanden — „das Atelier!" —, und davor auf einem freien Platz mit breiten, hellen Schieferplatten als Boden standen allerhand Steinfiguren: Kinder, Rehe, ein drolliger hoppelnder Hase, eine Eule, die zum Flug ansetzte . . .

Sabine ging scheu zwischen den steinernen Kunstwerken herum.

„Ist der Bildhauer berühmt?" fragte sie.

„Das ist er wohl, und er ist auch reich. Aber er mag es gar nicht, wenn die Menschen in seinem Atelier herumschnüffeln. Es sind ihm zuviel Neugierige darunter, die nichts verstehen und lauter Unsinn fragen, nur damit sie sich nachher mit dem Besuch bei einem berühmten Mann brüsten können — das behauptet er immer. Da hat er sich einfach ein Stück Land gesucht, auf dem er sich vor den Neugierigen verstecken kann. Du darfst also in der Stadt nicht verraten, daß du hiergewesen bist."

„Aber Diane?"

„Mit ihr gehen wir bald einmal hierher. Dann könnt ihr beide miteinander davon sprechen. Das ist einfacher, als wenn man ein Geheimnis ganz allein für sich bewahren muß, nicht wahr?"

„Aber Diane hat damals auch alles für sich behalten, als sie erfuhr, daß wir verwandt sind!"

„Dir gegenüber schon. Deshalb weiß ich ja auch, daß man ihr dies Geheimnis anvertrauen darf, damit sie mit dir darüber sprechen kann."

„Heute werden wir mal auf Pilzsuche gehen", erklärte Diane eines frühen Morgens. Sie war nun wieder gesund.

„Aber von Pilzen verstehe ich nichts", gab Sabine zu bedenken.

„Macht nichts, du kannst mich immer fragen. Und eine Ahnung von Steinpilzen und Pfifferlingen hast du ja auch", tröstete Diane.

„Und schlimmer als bei unserem Pilzforscher wird's bestimmt nicht", sagte Bertel, die trotz der Aussöhnung mit Herrn Steiger immer noch erbost an die Pilzmahlzeit aus der Büchse dachte. „Außerdem sehe ich mir eure Sammlung genau an."

Die Freundinnen gingen weit hinauf zu einem Stück Buchenwald. Große Teile des Bodens waren von Farnkraut dicht überwuchert. Erst stocherten die Mädchen mit Stecken im alten Laub herum, untersuchten Moosbüschel und Baumwurzeln. Dann krochen sie durch dichte Fichtenstücke, wo ihnen dürre Zweige ins Gesicht schlugen und die Haare zerzausten. Spinnweben streiften sie im Vorbeigehen von den Ästen, obwohl sie sich oft duckten und unter den Ästen durchkrochen.

„Sind das keine Pfifferlinge?" rief Sabine plötzlich. „Aber furchtbar kleine!"

„Es ist Pilzbrut", meinte Diane. „Viel größer werden die nicht, vielleicht wachsen im nächsten Jahr größere an dieser Stelle. Aber Respekt: du hast die ersten Pilze entdeckt!"

Sie fanden Röhrenpilze, die von Diane als Sand- und Butterpilze, als Maronen und Rotfüßchen erkannt wurden.

Langsam füllten sich die Körbe. Einmal entdeckte Diane sogar einen echten Steinpilz.

Aber auch giftige Schwämme gab es. Diane zeigte der Freundin den gefährlichen Knollenblätterpilz und hübsche rote Fliegenpilze mit weißen Tupfen.

Das Schönste erlebten sie an einer Waldlichtung. Da sahen sie eine Rehmutter mit ihrem Kitz und blieben sofort stehen. Das Kleine sprang fröhlich um die Mutter herum. Merkten die beiden nichts von den Menschen in ihrer Nähe?

Sabine wagte kaum zu atmen: so etwas Reizendes hatte sie noch niemals gesehen. Wie anmutig die Tiere waren! Besonders das Rehkitz benahm sich ganz sorglos und sprang übermütig durchs Gelände. Die Mutter war ängstlicher. Sie äugte immer wieder nach allen Seiten.

Aber dann schwirrte eine Mücke ständig vor Sabines Nase herum. Nicht auszuhalten war es! Sie schlug schließlich ärgerlich danach — und vorbei war der Zauber. Die Rehmutter hatte ihre Bewegung wahrgenommen und verschwand sofort mit ihrem Kind.

Gar nicht viel später schrie Sabine erschrocken auf. Sie hatte gerade einen Steinpilz oder einen Butterschwamm — vielleicht war es auch einer von Herrn Steigers Gallenröhrlingen? — entdeckt und wollte ihn abschneiden. Da bewegte sich etwas unter den Farnbüschen: Ein Rehkitz atmete heftig, daß die kleinen Flanken sich hoben. Es konnte nicht weniger erschrocken sein als Sabine.

„Diane, komm mal her!" rief sie. „Ob es das Rehkind von vorhin ist?" Und sie wollte sich bücken, um das Tier zu streicheln.

„Nicht!" schrie Diane und riß ihr heftig den Arm zurück. — „Man darf es nicht anfassen", erklärte sie dann ruhiger. „Sonst läßt es die Mutter im Stich."

„Hat sie das nicht schon getan?"

„Nein, sie weiß, daß ihr Kind allein in seinem Versteck viel besser geschützt ist, als wenn sie sich selber auch hier duckte. Hättest du dich nicht zufällig nach Pilzen gebückt, wäre das Kitz verborgen geblieben. Komm, wir gehen weiter und beobachten aus dem Tannendickicht drüben, ob die Alte bald kommt."

Diesmal störte keine Mücke. Beide Mädchen standen mucksmäuschenstill und warteten. Nach einer Weile kam die Rehmutter vom Gebüsch her gesprungen, äugte nach allen Seiten, witterte und lauschte. Erst als sie nichts Verdächtiges entdecken konnte, suchte sie das Kitz in seinem Versteck auf, stupste es an, damit es aufstände. Dann verschwanden beide mit lustigen Sprüngen im Unterholz.

Sabine konnte sich noch nicht beruhigen, weil sie beinahe dem Tier ein Leid zugefügt hätte, obwohl sie es doch nur streicheln wollte.

„Riecht die Alte denn, daß ein Mensch ihr Kitz berührt hat?"

„Natürlich. Es kommt immer wieder mal vor, daß unvernünftige oder unwissende Menschen ein Kitz anfassen. Das ist dann glatt zum Tod verurteilt. Einmal hat Ulrich das beobachtet. Da hat er das Kitz mit heimgebracht ins Forsthaus. Wir haben es mit der Milchflasche großgezogen."

„Und wo ist es jetzt?"

„Vati hat es im nächsten Frühjahr freigelassen. Zuerst kam es noch öfter zurück und holte sich Futter. Dann ist es weggeblieben. — Aber nun komm weiter! Wenn wir noch Pilze finden wollen, wird's höchste Zeit."

Mit dem Pilzesuchen war es so eine Sache! Da halfen auch gute Augen wenig. Und es nützte nichts, wenn Diane versicherte: Hier riecht's aber nach Pilzen! Denn nach ungenießbaren roch es ja genausogut wie nach eßbaren. Es war einfach Glückssache, wenn man viele entdeckte.

Doch gerade deshab war es fast ein lustiges Spiel — dieses Pilzesuchen. Und sie genossen die Stille des Waldes sehr, wenn sie nach verschiedenen Richtungen gingen und nur irgendwo in der Nähe das Laub unter den Füßen der anderen rascheln und Zweige knicken hörten. Und wenn ein Vogelruf die Stille unterbrach und noch unterstrich.

Sabine fragt nach Füchsen

„Gibt es hier im Wald eigentlich auch Füchse?" fragte Sabine abends einmal.

„Und ob!" rief Dianes Mutter.

Der Forstmeister brummte: „Das ist ein Thema für unsere Bauern. Mit denen führe ich ständig Krieg um meine Füchse."

„Krieg?"

„Würde es dir gefallen, Sabine, wenn der Fuchs deine Hühner finge?" fragte Dianes Mutter. „Ich habe auch schon ein paar eingebüßt."

„Aber — aber wieso sagten Sie dann ‚meine Füchse'?" erkundigte sich Sabine beim Forstmeister. „Wenn sie doch Räuber sind?"

„Räuber", sagte Herr Bruck, „Räuber sind viele Tiere."

„Und mit dem Schaden ist es so eine Sache", mischte sich der Professor ein. „Schau, Sabine, wir dürfen nicht alles vom Menschen aus betrachten. Ein Förster ist zum Wächter des Waldes bestellt. Er muß sehen, daß alles im

Gleichgewicht bleibt. Sinnlos das Wild abzuknallen wäre Frevel. Es ist aber genauso falsch, wenn man alles wuchern läßt, was es an Pflanzen und Tieren im Wald gibt. Auf die kluge Hege kommt es an. Dazu gehört: Achtgeben, daß alles im Gleichgewicht bleibt und jedes Lebewesen im Wald seine Aufgabe erfüllt."

„Aber die Hühner im Dorf . . ."

„Du meinst: Es kann nicht die Aufgabe des Fuchses sein, Hühner und Gänse auf den Höfen zu stehlen. Da hast du schon recht. Doch der Fuchs vertilgt ja auch viele Mäuse, Ratten und anderes Ungeziefer, das dem Wald sonst gewaltig schaden würde."

Und der Forstmeister entschied:

„Morgen abend kommt ihr mal mit ins Revier. Ich weiß, wo wir ein paar Jungfüchse mit der Alten sehen können."

Am nächsten Abend zogen sie los — nur zu dritt, der Forstmeister mit Sabine und Diane. Sie richteten sich gut ein, als sie zum Hochsitz hinaufgeklettert waren.

„Setzt euch so, daß euch kein Fuß einschläft und ihr etwa nachher um so heftiger zappeln müßt", mahnte Dianes Vater. „Die Füchse sind hellhörig, bemerken jede Bewegung und sind leicht zu vertreiben."

Eine lange Weile blieb alles still. Einmal krabbelte etwas im Laub und unter einem Haufen dürrer Äste herum — wahrscheinlich ein Igel. Dann schrie ein Käuzchen. Vom Dorf in der Ferne hörten sie einen Hund bellen, sonst war alles still.

„Da!" Herr Bruck tippte beiden auf die Schulter. Eine große Füchsin kam vorsichtig hinter einer Buche vor, äugte nach allen Seiten, drehte sich um nach der Richtung, aus der sie gekommen war, und schlich ein paar Schritte weiter. Und nun — zwei, nein drei Jungfüchse schlichen hinter ihr drein. Als hätte die Alte ihnen vorher zugewinkt: Die Luft ist rein — ihr könnt kommen! Auf der kleinen Lichtung dicht vor dem Jägerstand hielten sie an. Die Jungen wollten spielen. Der Alten schien das nicht zu passen. Sie stupste sie energisch an: Keine Zeit für Dummheiten, ihr sollt etwas lernen!

Sie brachte ihren Kindern viel bei: wie sie schleichen und schnüren mußten, wie sie sich rechtzeitig duckten und dann auf die Beute zusprangen. Sie ließ sie an jedem Kaninchenbau und in jedes Rattenloch schnuppern. Die ganze Nacht war sie mit den Jungfüchsen unterwegs, erst in der Morgendämmerung schlichen sie zu ihrem Bau heim.

Da lagen die beiden Freundinnen freilich längst im Bett. Sie waren vom Jägerstand heruntergeklettert, als der Mond über den Fichten hinter dem Forsthaus aufstieg. Auf dem Heimweg hatten sie noch über die putzigen jungen Füchse gelacht, die sicher lieber gespielt hätten als ernsthaft zu lernen, wie man sein Futter sucht.

„Ja", sagte der Forstmeister, „das ist wie bei den Menschen. Solange die Eltern sorgen, daß immer genug auf dem Tisch steht, gefällt es den Kindern auch besser."

Aber die Mädchen widersprachen:

„Hast du eine Ahnung, wie ich mich aufs Geldverdienen freue", sagte Diane entrüstet. „Aber wenn ich das Abitur machen soll, dauert das ja noch eine Ewigkeit."

Und Sabine meinte: „Ich gehe bestimmt schon eher von der Schule ab." Dann fragte sie weiter: „Was bringt die Fuchsmutter denn ihren Jungen nach Hause, solange die noch nicht selber auf die Mäusejagd gehen?"

„Da mußt du dir gelegentlich mal den Eingang zu einem Fuchsbau betrachten. Dort liegen die Abfälle: Federn von Jungvögeln, die aus den Nestern fielen, Knochen von

Hasen und Kaninchen. Die Alte wühlt manchmal, wenn die Nahrung noch knapp ist, auch Abfallhaufen durch. Sie schleppt kranke Rehkitze an — alles bringt sie, was sie findet. Die Jungen entwickeln ja einen guten Appetit."

„Ich habe mal mit Onkel Professor beobachtet, wie ein Jungfuchs einen Igel angriff", erzählte Diane. „Das war zum Kugeln."

„Du meinst, der Igel kugelte sich!" unterbrach ihr Vater sie vergnügt.

„Ja, er rollte sich zusammen, und der Fuchs zerstach sich die Lippen gründlich."

Von dieser Zeit an sah Sabine sich auf den Morgenwanderungen immer wieder um, ob nicht ein Fuchs daherkäme. Aber niemals entdeckte sie einen, obwohl der Professor ein paarmal behauptete:

„Hier muß gerade ein Fuchs vorbeigeschnürt sein. Man riecht es."

Ja, auch das hatten die Jungen bei der Mutter gelernt, solange sie noch als Füchslein mit ihr jagten, blitzschnell verschwinden, wenn etwas Fremdes herankam!

Auch Jagdhunde werden pudelnaß

Natürlich blieb auch der junge Forstassistent Prinz Kuckuck nicht immer in der Amtsstube des Forsthauses. Als zuknüftiger Förster mußte er ja schließlich von Zeit zu Zeit ebenfalls ins Revier.

Mit den Jagdhunden Harras und Wacker unternahm er einen dienstlichen Kontrollgang. Weniger dienstlich war allerdings seine übrige Begleitung, die aus Diane und Sabine bestand.

Unterwegs fragte Sabine:

„Warum halten Sie Harras an der Leine, während Wacker frei laufen darf?"

„Weil Harras manchmal ausbricht", entgegnete der Assistent. „Er ist der beste Jagdhund, aber er hat seine Mucken. Er ist ungeduldig!"

„Ein Försterhund, der etwa stromern würde, na, ich danke!" rief Diane. „Aber wenn ich mit Harras gehe, ist er brav wie ein Lamm!"

Das stimmte. Prinz Kuckuck lachte:

„Ihr seid beide ungeduldig, Harras und du! Wie heißt es doch? Gleich und gleich . . ."

„. . . gesellt sich gern!" vollendete Diane. „Demnach müssen Sie sehr geduldig sein, weil Harras bei Ihnen ungeduldig ist!"

„Genau! Denn ist es nicht ein Zeichen von Geduld, daß ich mit euch spazierengehe?" sagte der Assistent lächelnd.

Sabine blickte ein wenig erschrocken, denn im Moment hatte sie wirklich geglaubt, Prinz Kuckuck sei ihre Begleitung lästig. Aber dann sah sie sein Lächeln, und sofort war sie wieder vergnügt.

Weniger vergnügt war der Wettergott. Als sie nach einer Stunde aus einem Waldstück heraustraten, begann es ganz plötzlich zu gießen.

„Da ist eine Arbeiterhütte", sagte der Assistent. „Schnell hinein! Dort können wir dann die Dusche abwarten!"

Ein wenig später saßen die Mädchen mit Prinz Kuckuck auf der wackligen Bank in dem kleinen Blockhaus. Harras und Wacker kauerten zu ihren Füßen.

„Prima!" meinte Sabine. „Ich finde es gemütlich, wenn der Regen aufs Dach pladdert und man schön warm und mollig . . ."

Weiter kam sie nicht. Über „warm und mollig" lachten Diane und Prinz Kuckuck so sehr, daß Harras verstört zu winseln begann.

„Warm und mollig!" wiederholte Diane. „Hoffen wir lieber, daß das Dach dicht ist! Der Regen kann Stunden dauern!"

Jetzt fragte Sabine in ängstlichem Ton: „Müssen wir hier etwa übernachten?"

Aber diesmal konnte sie lachen. Sie hatte ihre Angst nur vorgetäuscht, und die beiden anderen fielen prompt darauf herein. Als sie Sabine beruhigen wollten, blickten sie in ein munteres Gesicht.

„Ätsch!" rief Sabine. „Angeführt! So ein Angsthase bin ich denn doch nicht! Ich könnte zwei Tage und zwei Nächte hierbleiben. Wetten?"

„Wette lieber nicht", meinte der Assistent lachend. „Forstmeister Bruck würde uns viel früher aufspüren und heimholen. Er kennt ja meinen Kontrollweg!"

„Was haben Sie denn heute kontrolliert?" erkundigte sich Sabine. „Bisher sind wir nur spazierengegangen!"

„Denkst du! Ich habe gejagt!" sagte Prinz Kuckuck. „Diane wird's schon gemerkt haben, daß ich meine Augen überall hatte! Heut bin ich Augenjäger und schieße mit Blicken kreuz und quer durch den Forst. Ich habe so manche Fährte, so manche Spur vermerkt, über die ich dem Forstmeister Bericht erstatten muß!"

„Haben Sie auch Spuren von Wilddieben gesehen?" fragte Sabine neugierig.

„Nein. So viele Wilddiebe, wie ihr Stadtleute denkt, gibt's nicht. Trotzdem soll der Waidmann immer so handeln, als beobachtete ihn der Wilderer auf Schritt und Tritt."

„Wie macht man das?" wollte Sabine wissen.

„Nun, ich nenne dir ein paar Grundregeln: Man soll nicht zu festgesetzten Zeiten Kontrollgänge unternehmen, nicht immer dieselben Wege wählen und auch nicht etwa zum Abschluß ins Gasthaus gehen, um eine Partie Karten zu spielen. Kurz gesagt: Ein fremder Beobachter darf den Forstmann nicht bei irgendwelchen Gewohnheiten ertappen, sonst stellt er sich darauf ein. Nur Herr Bruck weiß, wo er mich im Revier finden kann. Er hat mit mir den Weg anhand der Karte genau festgelegt!"

„Eigentlich müßten Sie jetzt draußen sein", meinte Diane listig. „Beim Regen fühlen sich Wilderer am sichersten!"

„So sicher, wie ihr euch hier allein in der Hütte ängstigen würdet!" behauptete Prinz Kuckuck. „Du bist ja ein sehr pflichteifriges Fräulein Forstrat, das muß ich schon sagen!"

Der Regen ließ zwar nach einer Weile etwas nach, aber es schien, als wollte er für heute nicht aufhören. So mußten sich die drei wohl oder übel entschließen, mit Harras und Wacker den Heimweg anzutreten.

Doch der Forstmeister kam ihnen im Geländewagen entgegen. Wie Prinz Kuckuck prophezeit hatte: Herr Bruck zögerte nicht lange, überfällige Kontrollgänger aufzugabeln. Das Mittagessen war verpaßt.

Ein heißes Bad, ein Stündchen Bettruhe mit Wärmflaschen — das ordnete Kuller-Bertel zunächst einmal an. Dann gab's eine kräftige Brühe, ohne daß der Wärmflaschenarrest aufgehoben wurde.

„Trösten wir uns", seufzte Diane. „Den Hunden geht's nicht besser! Harras und Wacker sind sicher so lange trockengerieben worden, daß ihnen jetzt die Zunge zum Hals heraushängt!"

Und immer noch Ferien

„Morgen in einer Woche beginnt die Schule wieder!“ verkündete Diane am Kaffeetisch.

„Jetzt fängt die auch noch damit an!“ stöhnte Ulrich. „Unser lieber Bruder hat mich heute früh nämlich schon mit dieser Freudenbotschaft überrascht.“

Sie mußten alle über Ulrichs Trauermiene lachen, obwohl keinem besonders vergnügt zumute war, wenn er an den Abschied dachte. Die Eltern und der Professor würden die fröhlichen jungen Geschwister vermissen, und die Kinder — ja, für sie war es wieder mal aus mit der sorglosen Freiheit.

„So schöne Ferien hatte ich noch nie“, sagte Sabine ehrlich und sah jeden in der Runde dankbar an.

„Nun, von jetzt ab kommst du immer mit Diane nach Hause.“ Die Forstmeisterin nickte ihr herzlich zu. „Natürlich nur, wenn du magst.“ Na, darüber bestand gewiß kein Zweifel, sie lachten alle herzlich.

„Was fangen wir in dieser Woche noch Besonderes an?“ fragte Diane schließlich.

„Mit Vater auf die Pirsch gehen“, meinte Ulrich.

„Eine Tageswanderung übers Hainfeld zu der Ruine Ebersburg, weiter zum Eulennest und über den Weißen Stein zurück“, schlug Professor Wittig vor.

„Wie wäre es mit einem Picknick am Erlenbach und einer Walderdbeerbowle?“ Das war Mutters Vorschlag.

„Machen wir alles! Sagt bloß nicht, es wäre zuviel für die paar Tage!“ Diane funkelte in die Tischrunde, schon im voraus über jeden Widerspruch entrüstet.

Doch der Widerspruch blieb aus.

Gleich am nächsten Morgen gingen sie zu fünft auf die Wanderschaft, der Professor mit den Jungen und Mädchen. Tom und Ulrich trugen genügend Proviant in ihren Rucksäcken. Einen Regenschutz — für alle Fälle — hatte jeder bei sich.

Auf dem Hainfeld waren sie schon öfter gewesen. Von der Hochfläche hatten sie nach drei Seiten einen weiten Blick. Und als sie auf den wackeligen hölzernen Aussichtsturm stiegen, konnten sie auch nach Westen über die Baumwipfel hinweg zur Ruine Ebersburg sehen. Von unten versperrte ein stattlicher Tannenwald diese Seite.

„Ich erinnere mich noch genau an das erste Mal, als ich mit eurem Vater hier oben war", erzählte der Professor. „Damals waren es winzige Tännchen, die auf der Schonung standen. Sie waren knapp ein Jahr alt, genau wie Diane."

„Na, Schwesterherz, die haben dich beim Wachsen aber schwer überrundet", meinte Tom. „Aus den Tännchen von damals sind in den elf Jahren kräftige Tannen geworden."

Vorsichtig — damit sie nirgends hängenblieben und sich die Kleider nicht zerrissen — verließen sie den Aussichtsturm und begannen den Abstieg nach Westen. Der Weg war steil und da, wo er mit Tannennadeln bedeckt war, teilweise sehr glatt. Sabines alte Ängstlichkeit erwachte, und sie sah neidvoll den drei Försterskindern zu, die den Hang hinunterschlitterten, als sei er eine Eisbahn.

„Na, Sabine", sagte ihr Onkel schmunzelnd, „da können wir beide nicht mit! Aber laß nur, wenn du öfter hier warst, saust du mit den anderen um die Wette hinunter."

„Ach, Onkel Professor", antwortete sie, „war es nicht lieb von Dianes Mutter, daß sie mich einlud?" Und in ihrer Herzensfreude nahm sie einen Anlauf, rutschte los und — landete nach vier Metern auf dem Boden. Eine kleine Vertiefung hatte ihrer Schußfahrt ein schnelles Ende bereitet.

„Hast du dir weh getan?“ rief Diane von unten herauf. Sie war längst im Tal und hatte lachend Sabines vorsichtiges Absteigen beobachtet.

„I wo!“ Sabine stand schon wieder und verbiß sich Schrecken und Schmerz. Aber nun ging sie doch lieber weiter neben dem Onkel bergab.

Unten wurde es morastig. Laubwald begann, und welke Blätter verdeckten die sumpfigen Stellen. Tom tappte auf einen Fleck, der ganz aufgeweicht war. Als er schnell weiter wollte, blieb sein Halbschuh im Morast stecken. Pfui Teufel, wie sah der aus, als Tom ihn draußen hatte! Anziehen mußte er ihn trotzdem!

Es ging wieder hinauf zu einer Waldblöße, die sonnenbeschienen war. Hier hielten sie zum ersten Mal Rast. Erdbeeren und Heidelbeeren standen da, und jeder suchte sich sein Teil zum Frühstück.

„Im Mai wächst an dieser Stelle auch Waldmeister“, erklärte Diane der Freundin. „Da werden wir nächstes Jahr Pfingsten welchen holen — für die Maibowle!“

Abseits von der Lichtung, da, wo der Hochwald wieder begann und eine kleine Mulde um eine hübsch eingefaßte Quelle entstanden war, stand eine halbverfallene Hütte.

„Wohnt dort jemand?“ fragte Sabine.

Und sie erzählten ihr nun eine wunderliche Geschichte.

Vor mehreren Jahren hatte ein Mann diese Hütte gebaut und ein paar Monate darin gehaust. Sie hatten ihn alle gekannt.

„Er hörte regelmäßig an, was draußen in der Welt geschah“, sagte Professor Wittig. „Sein Transistor war immer in Ordnung. Er beschaffte sich auch Zeitungen und Bücher. Aber er schrieb keinem Menschen, bekam nie Post und verließ seine Hütte und den Wald nur, wenn er im Dorf Vorräte kaufte."

„Mit uns hat er aber ein paarmal sehr freundlich gesprochen", erinnerte sich Tom. „Und einmal hat er uns auch eingeladen, den Sternenhimmel anzuschauen. Mann, kannte der sich da oben aus!"

„Mir hat er wenigstens die Sternkarte erklärt", sagte Diane. „Ich fand es gar nicht nett, daß er bloß die Jungens zur Sternguckerei einlud. Das muß er irgendwie geahnt haben. Als Bertel und ich ihn mal in der Nähe trafen, fragte er, ob wir ihn nicht besuchen wollten. ‚Die Kleine muß sich später doch auch mal am Himmel auskennen, wenn sie erst auf den Geschmack von Mondscheinspaziergängen gekommen ist', sagte er. Bertel hat nicht schlecht gestaunt, was er uns alles erklärte! Wenn der geahnt hätte, daß ich einmal im Mondschein zur Glockenmühle wandern würde, um dort einzubrechen, hätte er mich sicher nicht eingeladen."

„Und wo ist er jetzt?"

„Verschwunden. Eines Tages war er weg, nicht mal Vater weiß, wohin."

„Aber so ein Rätsel, das läßt einem doch keine Ruhe", meinte Sabine. „Man möchte doch wissen, was für ein Geheimnis hinter solch einem Menschen steckt."

„So ähnlich hat Diane damals auch geredet", sagte Professor Wittig lächelnd. „Mir scheint, ihr kleinen Frauenzimmer seid doch alle gleich neugierig. Doch wenn ein Mensch sein Geheimnis für sich behalten will, soll man das achten. Solange er keinem anderen ein Unrecht zufügt, hat er Anspruch auf die Zurückhaltung der lieben Mitmenschen. Wenn er dann jemand sein Vertrauen schenkt, wirklich schenkt, dann ist das ein Grund, dankbar dafür zu sein. Übrigens war das merkwürdigste an dem Mann sein Beruf. Er war Wünschelrutengänger."

Sabine staunte. „Gibt es so etwas heute noch?"

„Nicht wahr, das glaubt man gar nicht?" Professor Wittig nickte und strich Sabine über die Haare, weil er es gern tat. „Da denkt man, nur in alten Sagen käme es vor, daß einer mit der Wünschelrute loszieht und verborgene Quellen findet oder Erzadern. In Wahrheit werden diese geheimnisvollen Kräfte auch heute noch benutzt. Einmal gab mir der Fremde seine Wünschelrute in die Hand, als ich ihn damit herumgehen sah und danach fragte. Eine einfache Gabel vom Haselnußstrauch war es, die er benutzte. Und was ich nie für möglich gehalten hätte: An einer bestimmten Stelle bewegte sich die Astgabel. Sie schlug deutlich aus, und ich konnte sie nicht in der alten Stellung festhalten. Das war da, wo ihr die Quelle seht. Er hatte dort schon Wasser festgestellt und hat später danach gegraben. Die Quelle hat er eingefaßt, damit er sauberes Trinkwasser bei seiner Hütte hatte."

Die Jungen redeten viel über diese Sache. Sie kramten Schulkenntnisse hervor und fragten den Professor aus.

Sabine aber meinte versonnen: „Was für seltsamen Menschen kann man doch im Wald begegnen! Da ist dieser Märchenmann mit seiner Wünschelrute, dann die Glockenmüllerin mit ihren vielen Uhren . . ."

„Du hast gewiß geglaubt, wir lebten hinter dem Mond", sagte Diane, „oder da, wo die Füchse sich gute Nacht sagen und sonst überhaupt nichts passiert. Denk bloß nicht, daß du schon alles gesehen und gehört hast, was es hier gibt. Im Herbst kommen wir wieder, da wirst du Neues erleben."

„O ja, ich werde gern kommen!"

Sie tranken beim Aufbruch noch aus der Quelle. Dann wanderten sie zur Ruine, einer alten Trutzfestung, von der aus der Landesherr früher den Raubrittern auf die Finger gesehen und vor allem auf die Finger geklopft hatte, wenn sie den reichen Kaufleuten die Frachten wegschnappten ...

Das „Eulennest“ war trotz des gruseligen Namens am hellichten Tag ein friedliches Waldstück. Nachts sollten dort sogar noch Uhus herumgeistern — die großen räuberischen Eulen, die selten geworden sind.

Und schließlich gab es am Weißen Stein wieder eine Überraschung für Sabine, über die vorher niemand etwas verraten hatte. Der Weiße Stein war ein riesiger Steinbruch aus Kalk, verwittert zu schroffen Formen und sehr

brüchig. Ringsum auf dem Kalkboden aber gab es Pflanzen, wie man sie sonst nur auf hohen Bergen findet: Alpenrosen, Braunellen mit dem köstlichen Vanilleduft und den zarten weißen Alpenhahnenfuß!

„Im Frühjahr blüht hier auch der Königsenzian. Mehlprimeln gibt es und Steinrösel und auch Trollblumen", sagte Diane.

„Ja, dieses kleine Stück ist für mich die schönste Erinnerung an zu Hause", fügte der Professor hinzu. „Wir wohnten ja drüben auf der anderen Seite im Stolbergischen. Und dies Waldstück heißt im Volksmund auch noch ‚der alte Stolberg'. Dein Großvater, Sabine, und ich sind oft hier gewesen, und wahrscheinlich habe ich meine Liebe zu allen Pflanzen hier zum ersten Mal entdeckt."

Sabine träumte die ganze Nacht von Wünschelruten und Enzianen. Und Diane, die beim Gedanken an das Ferienende immer einen leisen Stich im Herzen verspürte und erst spät einschlafen konnte, hörte im Schlaf den Uhu dumpf rufen.

Doch am anderen Tage begleiteten sie den Forstmeister wieder fröhlich ins Revier. Sie hatten Glück: Sie trafen einen Dachs, der sich behaglich vor seinem Bau in der Sonne ausstreckte. Auch ein paar Rehe sahen sie am Waldrand äsen — friedlich und unbekümmert, als wüßten sie genau: Noch ist Schonzeit! Erst im Herbst geht die Jagd an, erst dann müssen wir vor den Menschen flüchten!

Später gab es das versprochene Picknick — fern vom Forsthaus in dem abgelegenen Winkel des großen Reviers. Mit dem Gepäckwagen fuhren sie hin. In zwei Körben war genügend Proviant für den ganzen Nachmittag verstaut.

Vor Jahren war an jener Stelle ein ganzer Eichenwald geschlagen worden. Nun wucherte es lustig am Boden: Himbeerstauden, Brombeerranken, Farne und Erdbeeren. Erdbeeren in seltener Fülle — obwohl ihre Zeit doch fast vorbei war. Alle sammelten eifrig und lieferten ihre Ernte bei dem Professor ab. Der war der Sachverständige für Getränke, und die Bowle, die er braute und nach einer Stunde Kühlung in dem kleinen Bach herbeibrachte, die war einzig!

Moosige Baumstümpfe dienten als Stühle. Und jetzt nahm sich die Gesellschaft den leckeren Inhalt der Körbe vor.

„Kinder, haben wir's gut!" sagte Tom aus tiefstem Herzen. Und als Diane jammerte: „Bald ist alles vorbei", da lachte er sie einfach aus: „Wir kommen ja wieder; wir sind doch hier zu Hause!"

Bei guter Laune . . . Wiedersehn!

Aber einen Höhepunkt — einen dicken, bunten Schlußpunkt — sollte es doch noch geben. Die Bowle war nicht der Abschiedstrunk gewesen. Es sollte noch eine Überraschung geben. Da mußte manches schon von langer Hand vorbereitet worden sein, ohne daß es die sonst so gewitzten Mädchen gemerkt hatten!

Am folgenden Abend erschien nämlich ein Kleinbus mit einigen sehr jungen Grünröcken der Forstakademie. Die Jungen kamen nicht zufällig: Herr Bruck hatte sie eingeladen, sieben Mann — und sieben Musikinstrumente, genauer gesagt: Waldhörner.

Als es dunkel wurde, herrschte auf dem freien Platz hinter der Veranda ein geschäftiges Treiben.

Jeder — außer Diane und Sabine — schien zu wissen, was er zu tun hatte:

Haumeister Buchmann und der Student Steiger spannten Drähte kreuz und quer von der Veranda zum Telefonmast, vom Telefonmast zur Scheune, von der Scheune zum Gartenpfosten.

„Diane!" rief die Mutter. „Geh mit Sabine hinauf, zieht euch eure hübschesten Kleider an, dann kommt herunter zum großen Halali!"

„Was bedeutet denn das, Diane?" fragte Sabine neugierig.

„Ach, das war ein Scherz. Halali wird nach der großen Jagd geblasen. Mutter meinte statt großer Jagd die großen Ferien! Paß auf, es gibt ein Abschiedsfest mit Waldhornmusik! Eine Überraschung von Vater!"

Als die Mädchen herunterkamen, brannten an den Drähten lauter bunte Laternen. Die jungen Grünröcke hatten Tische zusammengerückt — Tische aller Art: Gartentische, Küchentische, Tische aus der Rumpelkammer, Rohholztische aus dem Keller ... Mächtig schallte die Befehlsstimme des Haumeisters über den Platz vor der Veranda.

Ein Ehrentisch für den Forstmeister, den Professor, Frau Bruck und die Mädchen war mit einem Bruch Eichenlaub gekennzeichnet. Prinz Kuckuck saß bei seinen jungen Kollegen, und die Kuller-Bertel und Frau Buchmann eilten mit Bowle-Kübeln und Kannen voller Fruchtsaft von Tisch zu Tisch.

Tom und Ulrich hatten Dianes Freundinnen aus dem Dorf eingeladen, ja, und da war auch alles andere zu sehen, was auf Eichenforst Rock und Schürze trug.

Und — kaum traute man seinen Augen: Herr Steiger saß im Freien an dem alten Klavier, das angeblich längst den letzten Ton von sich gegeben hatte. Der junge Bursche spielte doch wahrhaftig flotte Tanzmusik!

Na, wenn das schon eine Überraschung war ... Die größte Überraschung sollte noch folgen! Diane mochte gut schießen können. Aber Sabine konnte tanzen! Und sie war ausdauernd! Prinz Kuckuck, die sieben Grünröcke, Tom, Ulrich — und selbst den lieben, alten Haumeister tanzte sie „durch".

Sabine und der Student waren die Helden des Abends.

Die Fackeln wurden ihnen zu Ehren angezündet. Und als sich die Gruppe zum Waldhornblasen aufstellte, rief der Forstmeister:

„Den ersten Tusch auf Sabine und Herrn Steiger!"

Aber es wurde auch auf alle anderen tüchtig getuscht. Und die Hunde Harras, Wacker und Rauhbautz stimmten mit lautem Bellen in die Musik ein. Herr Bruck vermahnte sie, denn zuletzt kam, wie es sich gehörte, etwas Feierliches: Prinz Kuckuck beriet sich eine Weile mit dem Studenten. Er hatte nun auch ein Waldhorn in der Hand, und Herr Steiger rückte das Windlicht über dem alten Klavier zurecht.

Anscheinend hatten die beiden eine Sonderveranstaltung zu bieten. Und richtig. Nach einem Gedicht von Gottfried Keller war dem Studenten eine Melodie eingefallen, irgendwo mußten die Heimlichtuer geübt haben ... und sie besaßen sogar Verbündete, nämlich den Forstmeister, den Onkel Professor und den Haumeister!

Prinz Kuckuck stand in der Mitte des Platzes, von den Laternen beleuchtet. Golden blitzte sein Waldhorn. Und nun begann er mit dem Vorspiel.

Alles lauschte gebannt.

Als die Melodie einsetzte, fielen auf unmerkliche Verabredung Herr Steiger, Herr Bruck, der Professor und der Haumeister im Chor ein:

„Arm in Arm und Kron an Krone
steht der Eichenwald verschlungen,
heut hat er bei guter Laune
mir sein altes Lied gesungen ..."

Schließlich hoben auch die sieben jungen Grünröcke ihre Hörner und stimmten ein in die Melodie. Zuletzt sagen alle — auch Diane und Sabine:

"... steht der Eichenwald verschlungen,
heut hat er bei guter Laune
mir sein altes Lied gesungen ..."

„Sein altes, aber nicht sein letztes!" sagte Diane mit schimmernden Augen zu Sabine. „Vor allem nicht sein letztes Lied für uns!"

Ferien in Aussicht!

Jeden Tag, wenn Diane Bruck mit ihrer Freundin Sabine aus der Schule kam, war ihre erste Frage: „Ist Post da?" Und Sabines Mutter lächelte erleichtert, wenn sie ihr tatsächlich einen Brief oder eine Karte aus Eichenforst überreichen konnte. Denn Diane hatte immer ein bißchen Heimweh, obwohl sie doch nach den großen Ferien bei Sabine und ihrer Mutter wohnte und sich dort richtig zu Hause fühlte.

Seit Sabine die großen Ferien mit Diane zusammen in Eichenforst verlebt hatte, hatten sie wenigstens gemeinsame Erinnerungen; wie großartig die Försterei mit allen Nebengebäuden am Berghang lag, fast wie ein stolzer Gutshof mitten im Walde — wie herrlich die weiten Spaziergänge auf schmalen Jägerpfaden oder über steile Hänge, an verwunschenen Waldseen vorbei oder quer durchs Tannendickicht und Unterholz gewesen waren. Sie konnten an das fröhliche Leben auf Eichenforst denken, an Dianes Eltern, die Brüder Tom und Ulrich, den Onkel Professor (Dianes alten Lehrer, der gleichzeitig Sabines Großonkel war) und an alles andere: an die vergnügte, quicklebendige Haushälterin, die stets mit dem Spitznamen Kuller-Bertel angeredet wurde — den Haumeister Buchmann, einen gutmütigen Brummbären, und den jungen Forstassistenten Prinz Kuckuck, an die Freunde und Bekannten ringsum, nicht zuletzt aber an die drei Hunde Harras, Wacker und Rauhbautz!

Ach ja, Eichenforst war ein wunderbares Zuhause, und Sabine begriff sehr gut, daß Diane sich in der Stadt immer ein bißchen fremd fühlte, auch wenn sie es so gut hatte wie hier. Aber weil sie ja schließlich das Abitur machen wollte, mußte sie die Schule in der Stadt besuchen.

Ende September traf eine Karte von Dianes Freundinnen Marion und Christel ein:

„Liebe Diane! Kommst du zur Kirchweih und zum Schützenfest nicht nach Hause? Denk mal: Fünfzigjähriges Bestehen des Schützenvereins! Deshalb dauert das Fest auch zwei volle Tage!"

„Am dritten Sonntag nach Michaelis ist bei uns Kirchweih", berichtete Diane, als sie Sabine die Karte zum Lesen gab. „Wir hatten doch verabredet, daß wir dann heimfahren, nicht wahr?"

Auch Frau Bruck erinnerte in ihrem nächsten Brief aus Eichenforst an das Fest und lud die Freundinnen dazu ein.

„Es ist nur schade, daß ihr nicht bis Montag hierbleiben und das Fest auskosten könnt", schrieb sie am Schluß. „Dann ist ja immer das Preisschießen. Und in diesem Jahr bekommen wir viel Besuch. Der Herr Ministerpräsident hat sich angesagt, ebenso der Landrat und ein paar andere Herren, weil am nächsten Tag die Gesellschaftsjagd stattfindet. Aber die Schule geht natürlich vor."

„Natürlich?" Diane fand es gar nicht so natürlich. Sie wäre nur zu gern wenigstens bis Montag geblieben. Gab es denn da gar keine Möglichkeit?

Unverhofft geschah ein Wunder, und dieses Wunder hieß: „Welterzieherkonferenz". Lehrer aus vielen Ländern würden zu verschiedenen Besprechungen in die Landeshauptstadt kommen; für Montag und Dienstag war eine Veranstaltung im Stadion angesetzt — und so gab es deshalb gleich zweimal hintereinander schulfrei. Ausgerechnet an den beiden Tagen, die der Kirchweih daheim in Eichenforst folgten!

Diane konnte ihr Glück kaum fassen, als die Klassenlehrerin diese Überraschung verkündete. Dann aber jubelte sie: „Sabine, hast du's begriffen? Wir können zum Schützenfest in Eichenforst bleiben!"

Am Sonnabend hatten sie nur bis elf Uhr Unterricht, und fünfundzwanzig Minuten danach ging bereits ein günstiger Zug.

Sabines Mutter wartete schon am Schulportal, um die Schultaschen gegen zwei Koffer auszutauschen.

Eine gute Stunde später standen die beiden Freundinnen auf dem kleinen Dorfbahnhof Buchholz und fragten den Stationsleiter, ob nicht vielleicht ein Wagen von Eichenforst käme.

„Das weiß ich nicht", antwortete der Bahnbeamte. „Man erwartet dort ja wohl allerhand hohe Herren. Aber die werden sicher mit ihren Autos kommen. Ein Forsthauswagen müßte ja noch frei sein. Stellt eure Koffer nur ruhig in meine Bude. Einer von Dianes Brüdern kann sie ja dann holen."

Ledig aller Last wanderten die Freundinnen bergan. „Weißt du noch, wie du damals auf unserem ersten Gang vom Bahnhof gestöhnt hast?" fragte Diane, als sie von der Straße ab- und in einen schmalen, steilen Waldweg einbogen.

„O ja!" Sabine hatte seinerzeit die Stirn voller Schweißperlen gehabt und tüchtig gemault. Später war sie diesen Weg oft gegangen, und er war ihr jedesmal kürzer erschienen. Und heute hüpfte ihr Herz vor Freude, daß sie wieder über die teils ausgewaschenen, teils zum Weg ausgehauenen Felsstücke aus rotem Sandstein gehen durfte, über denen von beiden Seiten die Büsche fast zusammenschlugen. Die leuchteten jetzt in bunten Herbstfarben: goldgelbe Blätter, rote Früchte vom wilden Schneeball und schwarzblaue vom Liguster.

Das Gras am Wegrand war trocken und gelb. Hier und da stand eine einzelne Flockenblume oder eine gelbe Bocksbartblüte dazwischen. Das Heidekraut, das an ein paar Stellen kräftig wucherte, war längst verblüht ...

Ab und zu segelte ein langer, feiner, weißer Faden durch die Luft und ihnen ins Gesicht.

„Altweibersommer!" erklärte Diane. „Eigentlich sind's Spinnengewebe, die mit winzigen Spinnchen am Fadenende durch die Luft reisen."

Sie hatten schon fast die Stelle erreicht, von der aus Eichenforst zu sehen war. Da saß jemand auf der Bank, die der Haumeister im letzten Jahr dort aufgestellt hatte.

„Onkel Professor!" Diane mit ihren scharfen Augen hatte ihn zuerst erkannt. Er schwenkte lebhaft seinen Hut.

„Nun, ihr zwei?" empfing er sie lächelnd. „Da haben wir euch wieder! Sabine, wie geht es der Mutti?"

„Danke, Onkel Professor." — Sabine redete den alten Herrn genauso an, wie die Försterkinder es taten. „Sie läßt dich sehr herzlich grüßen!"

„Das nächste Mal soll sie mitkommen", sagte er. „Ich habe mit Frau Bruck schon alles besprochen. Wir wollen gemeinsam Weihnachten und Neujahr feiern!"

Die Freundinnen hatten sich für ein paar Minuten zu ihm auf die Bank gesetzt, um zu verschnaufen. Aber nun drängte Diane:

„Keine Müdigkeit! Kommt, ich will heim!"

Lachend standen sie auf und gingen die kurze Strecke zum Forsthaus.

Dort schien alles wie ausgestorben.

„Jeder einzelne ist auf seine Weise bei den Vorbereitungen für die Feiertage", erklärte der alte Herr. „Ich bin euch deshalb entgegengegangen."

Aber die Ankunft der Mädchen blieb nicht ganz unbemerkt. Der kleine Dackel Rauhbautz, Dianes Liebling unter den Hunden, stob plötzlich um die Ecke.

Er raste auf Diane zu, sprang mit hechelnder Zunge immer wieder an ihr hoch und konnte sich kaum beruhigen. Als seine erste Begrüßungsfreude verebbt war, wandte er sich Sabine zu, wenn auch etwas weniger stürmisch. Durch das Gebell waren schließlich die Menschen aufmerksam geworden. Plötzlich erschienen Dianes Brüder Tom und Ulrich.

„Ihr seid auch schon da?" fragte Diane enttäuscht.

„Ja, Schwesterherz, seit zwei Stunden! Und um dich ganz aus der Fassung zu bringen, höre und staune: Wir können bis Dienstagabend bleiben. Unsere Herren Pauker waren so rücksichtsvoll, uns wegen der Welterzieherkonferenz zwei Tage frei zu geben. Platzt du vor Neid?"

„Hach, so rücksichtsvoll sind unsere Lehrer auch!" rief Sabine. Und Diane fügte hinzu:

„Wir wollten nur nicht gleich damit prahlen, falls ihr weniger Glück gehabt hättet. Wir sind eben feinfühlig."

Uijeh — das schönste Geplänkel war sofort wieder im Gang, und damit fühlten die Freundinnen sich erst richtig wohl in Eichenforst.

Im Haus war alles bienenfleißig. Aus dem Dorf waren Frau Herrmann und ihre Enkelin Lisbeth erschienen, die sonst nur am Freitag unter Kuller-Bertels Kommando schrubbten und wischten. Es galt ja, alle verfügbaren Räume herzurichten, Betten zu beziehen, so viel wie möglich vorzukochen — kurz: Arbeit in Hülle und Fülle wartete auf jeden. Die Freundinnen bekamen es bald zu spüren.

Zwar setzte Kuller-Bertel ihnen eine kräftige Gemüsesuppe und als Nachtisch eine leckere Reisspeise vor. Dann aber hieß es zupacken.

„Ihr werdet ausquartiert", verkündete Bertel. „Ins Bügelzimmer! Bringt die Luftmatratzen dorthin. Waschen könnt ihr euch im Bad. Die Jungen müssen unters Dach ziehen. Stellt ihnen Waschschüsseln und Kannen bereit."

Kuller-Bertel war wieder mal in Feldherrnstimmung. Freilich ging ihre Befehlsgewalt nicht über die Türschwelle hinaus. Draußen war der Forstmeister Herr über das ganze Revier.

Diane und Sabine konnten Bertel noch eben entwischen, um alle und alles zu begrüßen. Dabei sahen sie, welche Vorbereitungen schon für die Jagd getroffen worden waren.

Über die Nachricht, daß die Mädchen auch bis Dienstagabend bleiben konnten, freute sich jeder herzlich, am deutlichsten Haumeister Buchmann.

„Mädchen, Diane!“ rief er begeistert. „Da kannst du ja am Montag beim großen Bogenschießen mitmachen!“

Bogenschießen? Das war hier neu — bis dahin war immer nur von den Mitgliedern des Schützenvereins der Gemeinden Buchholz (zu der Eichenforst gehörte), Haidhausen und Neudorf mit Gewehren auf die Scheibe geschossen worden. Diese Scheibe wurde dann gewöhnlich an der Ruine jenes Kirchturmes aufgestellt, der als Überbleibsel eines Dorfes am Waldrand stand. Das Dorf war wohl in einem Krieg verbrannt und verwüstet worden. Dort also fand jedes Jahr das Schießen statt, und für Diane und ihre Brüder war es immer ziemlich aufregend gewesen, der Sache beizuwohnen und zu wetten, wer wohl Schützenkönig werden würde. Nach jedem Schuß holte der Auswerter, der gut geschützt unter der Ruine in einem Loch hockte, die Scheibe herunter, schob einen Stock mit dem Ergebnis des Schusses hinaus und danach wieder die Scheibe für den nächsten Schützen.

Doch mit dem Bogen hatte bisher niemand geschossen!

„Ein paar Burschen haben neuerdings Gefallen daran gefunden“, berichtete der Haumeister. Es war zu merken, daß ihn das sehr freute. „Keine üble Sache! Ich habe ein paarmal zugeschaut und ihnen auch schon ein paar Tips gegeben. Beteilige dich, Mädchen. Hab ich dir nicht einst den ersten Flitzbogen geschnitzt und dir das Zielen und Treffen beigebracht? He! Diane heißt du — wie die Göttin der Jagd! Mach deinem Namen Ehre! Sag ja!“ Diane lachte, sie nahm die Aufforderung nicht ernst.

Frau Brucks Kostüm

„Ihr könnt nachher mal ins Dorf hinuntergehen und mein grünes Kostüm von der Reinigung holen", sagte Frau Bruck am Nachmittag zu den Mädchen. „Ich habe es über all der Arbeit vergessen."

„Kann Tom das nicht mit dem Wagen machen?" fragte Diane. „Er könnte dann auch gleich unsere Koffer vom Bahnhof mitbringen!"

„Euer Gepäck ist längst da, und Tom ist mit dem Vater unterwegs! Also muß ich euch schon bitten, auch wenn du keine Lust hast", bemerkte die Mutter, die ihre Tochter durchschaut hatte. „Man darf nicht immer nur an sein Vergnügen denken. Ich brauche mein Kostüm noch heute."

Dagegen gab es keinen Widerspruch ... Eine Viertelstunde später stiegen die Mädchen den Pfad hinunter, den sie erst ein paar Stunden vorher gemeinsam hinaufgewandert waren.

„Wenn wir zurückkommen, pflücke ich deiner Mutter einen schönen Strauß", sagte Sabine und wies auf ein paar langstielige violette Blüten, die an einer geschützten Stelle des Weges zwischen den Bäumen aufleuchteten.

„Na, dafür würde sich Mutti wohl schön bedanken", meinte Diane lachend. „Das ist nämlich Fingerhut, und der ist mächtig giftig, kann ich dir sagen."

„Ach, jetzt weiß ich: Das Gift wird für eine Medizin verwendet, die man herzkranken Leuten gibt", sagte Sabine. „Eine Freundin von meiner Mutter muß die immer einnehmen. Ich habe bloß nicht gewußt, daß sie von einer so schönen Blume stammt."

„Ja, und eigentlich sonderbar, daß sie jetzt noch blüht! Der Fingerhut ist doch eine richtige Sommerblume — überhaupt, man könnte glauben, manche Pflanzen hätten wieder zu blühen angefangen!"

Als sie im Dorf angelangt waren, ging Diane geradewegs auf den Einkaufsladen zu.

„Ich denke, wir wollen zur Reinigung", sagte Sabine.

„So was haben wir im Dorf noch nicht, nur eine Annahmestelle, und die ist hier", erklärte ihr die Freundin, bevor sie den Laden betraten.

Sabine schüttelte den Kopf. Nun war sie die ganzen Sommerferien über auf Eichenforst gewesen, aber sie erfuhr immer wieder etwas Neues.

Frau Patzke, die Ladenbesitzerin, bediente gerade eine Kundin, deshalb wandte sich Diane an den jungen Lehrling, der den Eindruck eines Zwölfjährigen machte und jedesmal, wenn er angeredet wurde, bis zu den Haarwurzeln errötete.

„Über den könnte ich mich immer schieflachen", hatte Diane der Freundin zuflüstern wollen, sobald der Junge mit dem Abholschein auf die Suche gegangen wäre. Aber dazu mußte sie den Schein erst einmal haben!

Verzweifelt durchforschte sie ihr Handtäschchen nach dem wichtigen Zettel . . .

„Das verstehe ich nicht", murmelte sie bestürzt. „Dabei weiß ich genau, daß ich ihn eingesteckt habe!"

Doch alles Suchen und Kramen war umsonst — der Zettel kam nicht zum Vorschein. Trotz seiner Schüchternheit wußte der kleine Lehrling sich zu helfen.

„Komm nur mit und such dir das Kostüm selber heraus", sagte er wichtig.

Er führte die Mädchen in einen schmalen Nebenraum des Ladens.

Hier befand sich ein Wandgarderobenhalter, an dem eine Anzahl von gereinigten Mänteln, Kostümen und Kleidern aufgereiht war. Doch wie eifrig Diane auch die Bügel der einzelnen Bekleidungsstücke hin- und herschieben mochte, das Kostüm ihrer Mutter befand sich nicht darunter.

„Demnach ist es noch gar nicht fertig!" sagte sie stirnrunzelnd.

„Doch, doch, ganz bestimmt! Ich hab ja gehört, wie die Chefin vorhin mit deiner Mutter telefoniert hat", beteuerte der Junge über und über errötend. „Willst du nicht noch mal genau nachsehen?"

„Na hör mal, ich werde doch das Kostüm von meiner Mutter erkennen!" wies Diane ihn empört zurecht. Dann wandte sie sich an Sabine: „Oder siehst du hier etwas Dunkelgrünes mit schwarzem Samtkragen?!"

Nein, auch Sabine konnte beim besten Willen kein solches Kleidungsstück entdecken.

In diesem Augenblick erschien die Ladenbesitzerin.

„Ach, da ist ja die Diane aus dem Försterhaus", sagte sie überrascht. „Ich wußte gar nicht, daß du schon da bist! Deine Mutter hat vorhin angerufen, weil du den Abholschein zu Hause vergessen hast . . ." Dann aber blickte sie kopfschüttelnd zu ihrem Lehrling hinüber: „Nun möchte ich bloß wissen, was du hier suchst, Emil — das Kostüm von Frau Bruck liegt seit einer halben Stunde eingepackt neben der Kasse. Zwanzigmal bist du daran vorbeigelaufen! Hast mal wieder Tomaten auf den Augen gehabt, was?"

„Ist der kleine Lehrling nicht zum Quietschen?" prustete Diane, als sie sich auf den Heimweg machten.

„Ja, wirklich", stimmte Sabine ihr lachend bei. Doch nach einer Weile meinte sie nachdenklich: „Hast du gesehen, wie ihm die Hände zitterten, als er dir das Paket mit dem Kostüm überreichte?“

„Na, und ob!“ Diane lachte. „Das mußt du nicht so tragisch nehmen, das gibt sich nämlich mit der Zeit! Wir hatten früher mal einen Forstassistenten, der genau so schüchtern war, wenigstens anfangs. Später wurde er ganz schön frech, kann ich dir sagen! Bedaure lieber mich, weil ich das Kostüm nach Hause schleppen muß, ohne es zerdrücken zu dürfen!“ Übermütig balancierte sie das Paket auf dem ausgestreckten Arm und den gespreizten Fingern hoch über ihrem Kopf.

„Gib her, ich nehm dir's eine Weile ab!“ erbot sich Sabine und wollte danach greifen.

Keine von beiden wußte nachher genau zu sagen, wie es geschehen war. Erst als das Paket auf dem Boden aufschlug, das weiße Papier zerplatzte, ein mausgrauer Wollstoff zum Vorschein kam und die Köpfe der Mädchen über dem Ganzen zusammenstießen — erst von da ab konnten sie sich einig werden: hieran war weder die eine noch die andere schuld, daß nämlich „Frau Brucks“ Kostüm sich als etwas ganz anderes entpuppte ...

„Aber das ist doch — ist doch ...“, stöhnte Sabine.

„Ein Herrenanzug! Ein Her-ren-an-zug!“ Diane hielt die mausgraue Jacke in die Höhe, Sabine starrte auf die in den Papierfetzen liegende Hose.

Und auf einmal kreischten die Mädchen gleichzeitig los. Sie saßen, das Paket zwischen sich, auf dem Wege und lachten und lachten, bis sie vor Erschöpfung nicht mehr konnten.

Dann aber dachte Diane an die Folgen der Verwechslung.

„So eine Gemeinheit“, japste sie und wischte sich die Lachtränen aus den Augen. „Jetzt müssen wir den ganzen

Weg zurücklaufen, um den albernen Anzug abzugeben und dafür Muttis Kostüm einzutauschen. Dieser Emil ist doch wirklich ein — ein Schlemihl!" Ein schlimmerer Ausdruck fiel ihr nicht ein.

Als sie auch darüber gelacht hatten, blieb ihnen wirklich nichts anderes übrig, als den Anzug notdürftig in die Reste des Papiers zu wickeln und wieder dahin zu tragen, wo sie eben hergekommen waren. Diesmal trug Sabine das Paket.

„Sieh mal, Diane", sagte sie plötzlich, „hier kann man noch genau erkennen, daß mit dem Kugelschreiber das Wort ‚Forsthaus' draufgeschrieben steht. Der arme Emil scheint also gar nicht der Übeltäter gewesen zu sein." Sie blieb stehen, um es Diane zu zeigen.

„Ja, komisch", stellte die Freundin nun auch fest. „Das ist nie und nimmer Emils Krakelschrift. Da sieht man mal wieder: Immer hat man zuerst die Lehrlinge im Verdacht."

„Das hat sich eben angehört, wie wenn du selbst eine Meisterin mit einem Dutzend Lehrlingen wärest", prustete Sabine los. Aber gleich darauf kam ihr etwas in den Sinn, das weniger zum Lachen war. „Was sagen wir bloß zu Frau Patzke, was mit dem Paket passiert ist, wenn wir es so zerfetzt abgeben?" fragte sie besorgt.

„Ja, was sagen wir bloß?"

„Können wir nicht einfach erzählen, ein Hund hätte uns angefallen und uns zu Boden gerissen, wobei das Paket . . ."

„Auf keinen Fall!" wurde sie von Diane unterbrochen. „So etwas spricht sich wie ein Lauffeuer herum und käme womöglich Vati zu Ohren. Der würde der Sache sofort nachgehen. Es könnte sich ja um einen Fall von Tollwut handeln, verstehst du? Und am Ende käme die ganze Lügengeschichte ans Tageslicht."

„Da hast du recht", sagte Sabine kleinlaut.

„Wir machen es anders", entschied Diane. „Ich werde die Sache schon deichseln."

Nun, im Grunde gab es wenig zu „deichseln".

Als sie den Laden betreten hatten, warf Diane das Paket mit einem kühnen Schwung auf den Kassentisch und fragte:

„Was haben Sie uns da bloß mitgegeben, Frau Patzke? Das ist doch nie und nimmer das Kostüm meiner Mutter!"

Frau Patzke hatte den Irrtum inzwischen schon bemerkt und in der Försterei angerufen.

„Hoffentlich wart ihr noch nicht allzu weit", sagte sie und überreichte Diane das schon bereitliegende, unversehrte Paket mit dem Kostüm. Zu Sabine gewandt, fügte sie hinzu: „Den Anzug packe ich noch einmal ordentlich ein, den nimmst du dann wohl, nicht wahr?"

„Ist das denn ein Anzug von uns?" erkundigte sich Diane erstaunt.

„Ja, der gehört dem Herrn Forstmeister", erklärte Frau Patzke. „Deine Mutter meinte, weil ihr nun schon einmal hier seid . . ."

„Zweimal", sagte Diane düster. „Wir sind zum zweitenmal hier, Frau Patzke . . ."

„. . . könntet ihr den Anzug gleich mitnehmen", vollendete Frau Patzke unbeirrt ihren Satz, während sie die mißhandelten Kleidungsstücke wieder in blütenweißes Papier einschlug.

Die Ruhe vor dem Sturm

Mit dem Strauß für Dianes Mutter wurde es auf dem Heimweg nichts. Beide Mädchen trachteten nur danach, die Pakete unversehrt nach Hause zu bringen.

Es dämmerte bereits, als sie Eichenforst erreichten.

Frau Herrmann und Lisbeth kamen gerade aus der Tür. Die große Reinemacheschlacht schien also schon geschlagen . . .

Befriedigt hängte Frau Bruck das Kostüm in den Schrank. Dabei fiel ihr etwas ein.

„So, ihr Mädchen, nun packt erst einmal eure Koffer aus. Ihr wollt doch nicht in zerknüllten Kleidern herumlaufen oder gar tanzen, nicht wahr?"

„Mutti!" schrie Diane entzückt auf. „Heißt das, wir dürfen Montag auf den Schützenball? Wirklich — da freue ich mich gleich noch mal so sehr!"

Sie zog Sabine mit hinüber in das Bügelzimmer, und beide stürzten sich auf die Koffer.

Nun, die Sachen waren wohlbehalten angekommen, Sabines Mutter hatte sie sorgsam eingepackt. Aber immerhin! Sie mußten ein bißchen aushängen.

„Wenn wir sie auf Kleiderbügel tun und für die Nacht in der Veranda lassen, sind sie morgen wieder ganz glatt", versicherte Diane.

Gegen sechs schien die meiste Arbeit getan zu sein — wenigstens für diesen Tag.

Die ganze Familie traf sich zum erstenmal vollzählig am Abendbrottisch. Bertel hatte es tatsächlich geschafft, jedem einzelnen gerecht zu werden. Es gab Eierkuchen, dazu eingemachte grüne Stachelbeeren für die Mädchen und Johannisbeergelee für Ulrich — für die anderen dagegen Fleischklößchen mit Kapernsoße, ein Leibgericht von Tom. Er bewältigte denn auch eine solche Menge davon, daß seine Mutter ein paarmal besorgt zu ihm hinübersah.

„Junge, wirst du nach dieser Riesenportion schlafen können?!"

„Tom bestimmt", versicherte Ulrich. „Vermutlich werde ich der Leidtragende dabei sein. Ein Mensch mit einem überladenen Magen veranstaltet meist ein Schnarchkonzert."

„Na, das überstehst du bestimmt — vielmehr: verschläfst es", meinte der Professor trocken.

Alle lachten, denn Ulrich war als Schlafmütze bekannt, so daß man ihn nur mit großer Mühe oder einem nassen Schwamm aus den Federn holen konnte.

„Wer kommt denn eigentlich alles zur Jagd?" erkundigte sich Sabine neugierig.

Herr Bruck zündete sich seine Pfeife an. Er zwinkerte: „Zur Herbstjagd? Nun, wer soll da schon kommen? Zur Jagd gehören Tiere, zur Herbstjagd sogar große Tiere, auf alle Fälle, was die Jäger betrifft. Da wird der Herr Ministerpräsident kommen, sobald er in der Stadt auf der Welterzieherkonferenz gesprochen hat. . ."

Nun fragten die Jungen, welche anderen Gäste erwartet würden, wie es mit den Hirschen im Revier stünde, und wann man am Dienstag zur Jagd aufbrechen wollte . . .

Gemächlich berichtete der Forstmeister:

„Daß der Forstrat kommt, wißt ihr ja. Diesmal schießt er keinen Hirsch. Er hat zugunsten des Herrn Ministerpräsidenten verzichtet. Wie steht es, Tom, willst du Montag abend zur Jagdkanzel oberhalb vom Hirschgrund gehen? Ich gehe nach der anderen Seite hinüber, Richtung Buschmühle, ob ich dort den Zwölfender ausmache."

„Prima!" Tom strahlte. „Darf ich auch mit auf die Hirschjagd?"

„Wohl kaum. Du hast wohl vergessen, daß am gleichen Morgen die anderen Jagdgäste losziehen: der Amtsrichter, der Landrat, der Doktor, der Bürgermeister — na ja, und wer sonst noch kommt. Die müssen zur Hühnerjagd."

„Hühnerjagd? Bißchen spät für die Jahreszeit", meinte Diane.

„Neunmalkluges Kind!" Der Vater schmunzelte. „Nun ja, Hühner werden schon seit Anfang September geschossen. Doch insofern hast du recht: Wir haben gewartet, weil unser Landrat zum fünfzigjährigen Jubiläum des Schützenvereins eingeladen wurde und bei dieser Gelegenheit auf die Jagd gehen wollte — auf Entenjagd eigentlich. Wenn er auch Rebhühner und Fasanen erwischt, um so besser! Er bringt noch einen Bekannten mit.

Prinz Kuckuck wird die Herren begleiten. Und unser lieber Forstrat erscheint schon einen Tag früher als die anderen bei uns, zum Mittagessen."

„Habt ihr etwa wieder Büchsenpilze für ihn?" fragte Sabine verschmitzt.

Alle lachten bei der Erinnerung an die vorige Mahlzeit, die dem Forstrat angerichtet worden war: Pilze aus der Büchse hatte man holen müssen, weil ein allzu hilfsbereiter Gast ihnen bittere Gallenröhrlinge anstelle der verheißenen Steinpilze angeschleppt hatte — Kuller-Bertel hatte diese Schande lange nicht verwinden können.

„Eigentlich hättet ihr auch Herrn Steiger einladen können", sagte Diane.

Herr Steiger war Student und eben jener „Unglückspilz" mit den Gallenröhrlingen. Er hatte eine Weile auf Eichenforst gewohnt, und alle hatten ihn gerngehabt.

„Er kommt", antwortete Frau Bruck. „Wir haben ihm schon sein altes Zimmer hergerichtet."

„Und wißt ihr, wer ihn eingeladen hat?" fragte Professor Wittig. „Ihr werdet es wahrscheinlich nicht erraten: Kuller-Bertel."

„Doch, Onkel Professor!" Ulrich lachte. „Er ist Bertels heimliche Liebe. Das habe ich bei unserem Abschiedsfest im Sommer festgestellt."

„Na klar, weil der Student ein nettes Gedicht auf sie gemacht hat!" Diane lachte. „Wenn man ihre Kochkünste lobt, ist sie doch selig!"

„Ich glaube, auch ohne das Gedicht wäre Kuller-Bertel dahintergekommen, daß der junge Herr Steiger das Herz auf dem rechten Fleck hat", sagte Frau Bruck und lächelte.

Wie sollte sie die gute Bertel nicht kennen, die so viele Jahre schon bei ihr war . . .

Plötzlich zuckte Sabine zusammen. Vom Wald her klang durchs offene Fenster ein unheimlicher Laut — war es ein Brüllen, ein Schreien?

Auch die anderen horchten auf.

Die Hirsche röhrten!

„Holt eure Mäntel!“ sagte Herr Bruck zu den Mädchen. „Wir gehen noch ein Stück dem Wald zu. — Ist es dir recht?“ fragte er die Mutter.

Frau Bruck nickte, und bald darauf zog die Gesellschaft zusammen mit dem Onkel Professor los, über die Wiese hinter dem Anwesen, dann am Rande der hohen Fichten vorbei und zur breiten Felsplatte auf den Heuberg. Dort stand eine Blockhütte, in der Holzarbeiter, Waldhüter oder Jagdgehilfen manchmal übernachteten. Heute saß August Kannegießer, der älteste Waldhüter, auf der Bank vor der Hütte und hatte auf dem rohgezimmerten Tisch daneben eine halbgeleerte Bierflasche stehen.

„Ach der Herr Forstmeister“, grüßte er. „Wollen wohl dem Gewitter dort hinten lauschen? Ja, heute sind sie ordentlich zu Gange. Kein Wunder: es ist eine mondhelle, kühle Nacht . . .“

Sie hockten sich auf die Bank und auf einen Bretterstapel. Immer wieder schallte wie dunkles Orgeln das mächtige Rufen vom Tal herüber.

„Tatsächlich — sie stehen beim Hirschgrund!“ murmelte der Forstmeister, als es wieder „Hrrröööhhh“ heraufklang . . .

„Von diesem Röhren der Hirsche wird so viel geredet und geschrieben“, sagte Sabine nachdenklich, als sie nach kurzem Abschied vom Waldhüter heimgingen. „Aber wenn man es selber hört, ist es völlig anders, als man es sich vorstellte. Kämpfen die Hirsche nun jedesmal miteinander?“

„Das Röhren ist die Herausforderung an einen anderen Hirsch", erklärte ihr der Onkel. „Bis dahin sind die Hirsche meist zusammen durchs Revier gezogen, haben sich aber in der Brunftzeit voneinander abgesondert und sind den Rudeln der Hirschkühe nachgewandert. Ein starker Hirsch treibt die Kühe zusammen und will sich als Herr des Rudels behaupten.

Aber die anderen kräftigen Hirsche versuchen, ihm seinen Rang als Platzhirsch, als Herrscher im Revier, streitig zu machen, und fordern ihn eben durch dieses Röhren zum Kampf heraus.

Wenn zwei gleich starke Hirsche dabei aufeinandertreffen, gibt es meist einen Kampf auf Leben und Tod. Wie oft schon ist einer von ihnen auf der Strecke geblieben, wenn der Gegner ihn zu schwer verwundet hatte! Geht es für den Verlierer nicht so schlimm aus, so muß er sich doch irgendwo ins Dickicht zurückziehen."

„Hin und wieder kommt es sogar vor, daß sich die kämpfenden Hirsche gegenseitig derart mit den Geweihen verhaken, daß sie nicht mehr auseinanderkommen und jämmerlich verenden. Das ist für uns Jäger besonders betrüblich, weil man den Tieren ja nicht helfen kann", setzte der Forstmeister hinzu. „Aber wie diese Kämpfe auch ausgehen mögen — immer sind sie von einer überwältigenden, schauerlichen Großartigkeit."

„Ja, das stimmt." Tom nickte. „Ich habe ja auch schon ein paarmal dabei zugesehen. Da stockt einem regelrecht das Blut in den Adern!"

„So, nun aber genug davon", sagte Frau Bruck, als sie plaudernd heimkamen, „sonst geistern die kämpfenden Hirsche noch in Sabines Träumen herum! Sagt gute Nacht, ihr Mädchen. Morgen könnt ihr ausschlafen."

Sonntagmorgen auf Eichenforst

Sabine wurde wach von den vielerlei Geräuschen rings um das Forsthaus, wie sie ihr noch von den Sommerferien her vertraut waren. Das gackerte, krähte, muhte, bellte und schnatterte durcheinander!

Schlief Diane etwa noch? Nein — ihr Bett war leer. Nun aber fix aus den Federn!

Sabine warf einen Blick durchs Fenster. Nanu? Verdutzt öffnete sie den Fensterflügel und schaute in den Nebel ...

Das konnte man wirklich kein Ferienwetter nennen!

Sie erwartete, mürrische oder betrübte Gesichter am Kaffeetisch vorzufinden. Aber nichts dergleichen — alle waren vergnügt wie immer.

„Ist das nicht schade mit dem Wetter?" fragte sie.

„Wieso? Besser können wir es uns doch gar nicht wünschen!" Tom lachte über ihr verblüfftes Gesicht.

Und Herr Wittig, der Onkel Professor, erklärte ihr: „Dieser Herbstnebel wird bald fallen, und dann sollst du mal sehen, welch strahlendblauer Himmel dahinter zum Vorschein kommt. Sieh nur!" Er wies aus dem Fenster. „Dort oben lichtet er sich schon."

Nach dem Kaffeetrinken wandte sich Frau Bruck an den alten Herrn:

„Lieber Professor, ich sehe es Ihnen genauso an der Nasenspitze an wie den beiden Mädchen: Der Waldspaziergang ist fällig! Also, Kinder — holt eure Jacken und zieht los! Kuller-Bertel und ich werden uns solange ohne euch behelfen."

Das ließen sie sich nicht zweimal sagen. Zehn Minuten später stapften sie los.

„Wohin gehen wir?“ fragte Diane.

Der Onkel Professor machte ein geheimnisvolles Gesicht. „Versprecht ihr mir Stillschweigen?“

„Ehrenwort, Onkel Professor! Aber mach es nicht zu spannend. Wohin gehen wir?“

„Ein Stück zum Weißen Stein hin. Entsinnt ihr euch? In der letzten Ferienwoche sind wir mit den Jungen hingewandert.“

„Ja“, sagte Sabine. „Dort haben wir doch die Alpenblumen gefunden. Aber die blühen wohl kaum noch. Was gibt es sonst?“

„Abwarten!“ Der Professor lächelte.

War der Wald schön! Sabine konnte sich nicht satt sehen. Manche Bäume waren freilich schon kahl, und die welken Blätter raschelten, besonders wenn Diane im Übermut ein Stück vom Weg mitten ins dichte Laub hineinrannte. Vom Nixenteich, dem winzigen Gewässer gleich hinter dem Fuchsberg, wo ein paar vorwitzige Dotterblumen ganz unzeitgemäß blühten, war vor lauter goldbraunen Buchenblättern fast nichts zu sehen. Sie lagen über der dicken grünen Schicht von Wasserlinsen, die sonst die Teiche überzogen.

Ach, und die kleine Waldblöße dahinter, auf der sie vor Wochen ein totes Reh gefunden hatten — es stank fürchterlich, aber Sabine hatte vor allem aus lauter Mitleid mit dem armen, eingegangenen Geschöpf auf diesem Weg jedesmal eine Gänsehaut bekommen —, diese Waldblöße hatte nun ein völlig anderes Gesicht: Verblühtes Heidekraut, hohes dürres Gras und dazwischen verwelkte braune Farnkräuter — alles dick übersät von unendlich vielen glitzernden Tautropfen. Vielleicht war es auch

Herbstreif, der sich nachts über dieses Fleckchen gelegt hatte und nun langsam taute. Die Tropfen saßen besonders dicht in den vielen Spinnweben zwischen Gras und Farnen, die erst jetzt sichtbar wurden. Wer hatte sonst auf die feinen Gespinste geachtet?

Noch leuchteten rote Beeren auf den Ebereschen. Aber wo der Holunder wucherte, war von dessen schwarzen Beeren nichts mehr zu sehen.

„Daran haben sich die Vögel längst gütlich getan", erklärte der Professor.

Die Wanderer überquerten eine Wiese. Das hätte feuchte Füße gegeben, wären die Schuhe weniger fest gewesen. Das Gras war hier noch grün, und immer wieder guckten zarte hellviolette Blumen hervor, fast wie die Krokusse im Frühlingsgarten. „Herbstzeitlosen!" rief Diane.

An einer Lichtung hinter einer kleinen Lärchenschonung blieb der Professor stehen. Auch diese Bäume waren schon gelb, merkwürdig gelb, stellenweise fast eidotterfarben. Ein zauberhafter Anblick.

Der Professor deutete auf einen schmalen Pfad.

„Hier entlang!"

Ziemlich steil führte der Weg hinunter bis zu einem gewaltigen Felsstück. Das hatte sich aus dem übrigen Gestein ein wenig gelöst. Der Erdboden darunter war frei von Pflanzen, auch Laub war wenig hingeweht. Dafür war der Stein selbst stark bewachsen. Moos, verwitterte Pilze, kleine Kräuter überzogen ihn, und in seinen Furchen wucherten sogar ein paar Büsche.

„Unsere Bärenhöhle!" rief Diane überrascht. Und zu Sabine gewandt, fügte sie hinzu: „So haben wir den Platz unter dem Felsen früher immer genannt. Ulrich behauptete nämlich steif und fest, daß eine gewaltige Höhle unter diesem Steinbrocken liege und daß dort die letzten Bären unseres Waldes gehaust hätten. Ich habe mich manchmal ein bißchen gefürchtet. Aber einmal haben wir uns bei einem Gewitterregen hier verkrochen und haben nicht einen Tropfen abbekommen."

„Siehst du, und genau dies hat unser alter Freund Kannegießer auch einmal getan — der Waldhüter, Sabine, den wir gestern abend trafen —, und er hat dabei eine großartige Entdeckung gemacht", sagte der Professor lebhaft. „Kommt mal her!"

Er zog aus seiner Manteltasche zwei kleine Taschenlampen und gab den Mädchen die eine; die andere behielt er für sich.

„Geht vorsichtig hinter mir her! Hier — haltet euch an dem Geländer. Jetzt kommen Stufen, fünfzehn Stück, zählt mit . . ."

Mit Herzklopfen folgten ihm die Mädchen. Wohin würden sie kommen?

„. . . dreizehn, vierzehn, fünfzehn!"

Da hatten sie wieder ebenen Grund unter den Füßen.

„Nun, hier rechts entlang! Sabine, gib mir deine Hand. Und Diane, du hältst Sabine! Bleibt unbedingt in Tuchfühlung! Bückt euch! Der Gang wird niedriger!"

Etwa dreißig Schritte mußten sie machen, dann blieb Professor Wittig stehen. Er tastete nach einem einfachen Geländer, ging vorsichtig noch ein paar Schritte, zog die Mädchen heran und sagte: „Halte die Lampe nach vorn, Diane — so wie ich die meine."

Etwa drei Meter unter ihnen schillerte Wasser. Sie ließen den Lichtschein darüberhin flackern, die Wasserfläche dehnte sich weit. Und darüber und an den Seitenwänden funkelte und glitzerte es, wenn ein Lichtstrahl darüberstrich.

„Die schönste Tropfsteinhöhle!" sagte Professor Wittig. Aus seinen Worten klang ein wenig Stolz. „Keine vier Wochen ist es her, seit August Kannegießer hier entlanggekrochen ist und dabei den Gang und die Höhle entdeckt hat. Er kam ganz aufgeregt nach Eichenforst und hat uns die Geschichte geschildert. Dianes Vater und ich sind mit ihm hergegangen. Kannegießer hat aus eigenem Antrieb ganz für sich allein hier gearbeitet. Er wollte, genau wie wir, verhindern, daß vorzeitig viel Gerede entstand. Unser Fachmann aus der Kreisstadt ist noch im Urlaub. Sobald er zurück ist, bitten wir ihn her. Im Frühjahr geht es dann an die Arbeit. Sagt niemand, was ihr hier gesehen habt."

Den Mädchen hatte es wahrhaftig die Sprache verschlagen. Immer und immer wieder ließen sie den Strahl der Taschenlampen über den unterirdischen See gleiten.

„Da stimmt es also doch mit der Höhle!" sagte Diane plötzlich. „Ob es wirklich auch Bären hier gegeben hat?"

„Das wird sich zeigen, wenn wir später einmal weiter hineindringen", meinte der Professor. Er wandte sich dem Ausgang zu. „Paßt gut auf, daß ihr nicht stolpert. Ich möchte euch heil hinausbringen."

Draußen kam es den Mädchen ganz unwirklich vor, was sie da eben gesehen hatten. Es dauerte eine Weile, bevor sie wieder sprachen. Doch dann jubelte Sabine:

„Der Nebel ist weg! Wie du gesagt hast, Onkel Professor, es wird ein schöner Tag!"

Munter wanderten sie zurück. Nur wenn wieder einmal ein leergeknabberter Tannenzapfen aus der Höhe sauste, lugten sie nach oben. Die Eichhörnchen ließen es sich gut schmecken.

Als die drei Wanderer zurückkamen, klang Musik aus dem Tal herauf, ein Reitermarsch, dann ein Volkslied.

„Aha, der Schützenverein ist schon auf den Beinen", meinte der Professor. „Er verhilft diesmal der Kirchweih zu besonderem Glanz."

„Wollen wir ins Dorf?" fragte Diane und steuerte, als Sabine nickte, zum Geräteschuppen, wo die Fahrräder standen.

„Vorsichtig fahren!" rief Professor Wittig den Mädchen nach. „Daß ihr morgen tanzen könnt und nicht mit gebrochenen Knochen festliegt!"

„Nein, mir langt's vom letzten Mal", antwortete Diane lachend.

Etwas ist gebrochen — aber was?

Die Ortschaft Buchholz war wunderschön geschmückt. Schon am Vorabend hatte jeder vor seinem Hof eifrig gekehrt und aufgeräumt, wie es sonst nur vor hohen Feiertagen geschah. An Mauern und Hauseingängen prangten ganze Fässer und Kübel voll Dahlien, Gladiolen und Astern in allen Farben, die der Herbst dem Land vor dem großen Winterschlaf noch schenkte. Gebinde aus Tannengrün oder Herbstlaub und Früchten lagen auf Zäunen und Simsen. Fahnen flatterten lustig aus den Bodenfenstern und Giebeln. Und schon standen Kerzen und Laternen für die abendliche Festbeleuchtung bereit.

Am einladendsten war der feine Duft nach frisch gebackenem Kuchen, der noch in der Luft lag. Jede Hausfrau setzte ihren Stolz darein, für ihre Familie und für die Gäste Leckereien bereitzuhalten . . .

Mädchen in schicken Kleidern und Jungen in flotten Anzügen huschten eilig über die Straße zur Gemeindewiese, wo zwischen Buden und ein paar kleinen Karussells die Musikkapelle ein Morgenständchen gab.

Fröhliche Feststimmung durchzog den ganzen Ort — sehr ansteckend, wie die Freundinnen merkten, denn sie selber wurden immer vergnügter. Sie winkten Christel und Marion zu, die vor dem Bachbauernhof standen.

Christels Vater war der Hauptmann der Schützengilde. Er stand mit Ehrenkette und federgeschmücktem Jägerhut in vorderster Reihe und grüßte lachend zu Diane hinüber, so daß viele Köpfe sich umwandten.

Marion und Christel drängten sich durch die Menge zu den Freundinnen hinüber. Sie hatten noch keine drei Sätze miteinander gesprochen, als sie von Tom aufgespürt wurden. Die Mutter hatte ihn mit dem Auto ins Dorf geschickt, um Diane und Sabine zu holen.

„Bringt die Räder zum Bachbauernhof! Und dann los — in den Wagen mit euch!" drängte er die beiden.

In Eichenforst rief die Mutter ihnen schon entgegen: „Schnell, Kinder, ihr müßt jetzt mit zupacken! Ich hatte ja keine Ahnung, daß ihr noch ins Dorf fahren würdet. Holt Blumen aus dem Garten, soviel ihr findet. Dann geht und helft Bertel in der Küche!"

Die beiden Mädchen waren gerade dabei, ihre Riesensträuße aus den letzten Herbstblüten — Dahlien, Gladiolen, Rosen, Winterastern, ein paar verspäteten Nelken und Zinnien — in große Kübel zu stellen, da wurden Diane die Augen zugehalten.

„Loslassen! Wir haben keine Zeit!" fauchte sie ärgerlich. Aber die Hände ließen sie nicht los.

„Wer bin ich?" fragte eine verstellte Stimme.

Sabine hatte Herrn Steiger nicht gleich erkannt, der im Sommer im Forsthaus gewohnt hatte, um hier ein paar Ferienwochen zu verleben.

Zweimal riet Diane daneben — weder „Tom" noch „Ulrich" stimmte.

„Herr Steiger?" fragte sie endlich zögernd.

Sofort ließen die Hände sie los, und sie sah in das lachende Gesicht des jungen Mannes. Nun gab es ein frohes Händeschütteln zwischen ihm und den Mädchen.

„Deine Mutter und Kuller-Bertel hatte ich schon begrüßt", sagte er zu Diane. „Und nun hab ich eine Bitte an dich. Der Tisch aus meiner Kammer ist auch zum

Anrichten gebraucht worden, deshalb soll ich mir einen anderen vom Dachboden herunterholen. Würdest du mir wohl zeigen, wo der ist?"

Das war eine Unterbrechung, die den Mädchen wie gerufen kam, denn natürlich mußte auch Sabine den Dachboden kennenlernen, wozu sie bisher keine Gelegenheit gehabt hatte.

Wie die wilde Jagd ging es hinauf in den obersten Stock. Als sie vor der Bodentür angelangt waren, streckte Diane die Hand aus, um sich von Herrn Steiger den Schlüssel dazu geben zu lassen.

„Den Schlüssel?" fragte er verdutzt. „Ich dachte, die Tür wäre offen!"

Die Mädchen wollten sich ausschütten vor Lachen, als er — immer zwei Stufen auf einmal — die Treppe hinuntersprang.

Nach einer Minute kam er wieder heraufgestürmt, um ihnen mitzuteilen, daß er den Schlüssel die ganze Zeit in der Tasche gehabt habe.

„Den hat mir Kuller-Bertel vorhin schon gegeben", keuchte er atemlos. „Das hatte ich wahrhaftig total verschwitzt!"

„Na, Sie sind ja vielleicht ein zerstreuter Professor!" sagte Diane kichernd, und Sabine kicherte mit.

In einem Winkel des großen Bodenraumes entdeckten sie den gewünschten Tisch, den der Student sich ohne langes Federlesen mit der Platte nach oben auf den Kopf hob.

„Den brauchen Sie wohl zum Dichten?" erkundigte sich Diane, als sie alle drei, Herr Steiger voran, im Gänsemarsch die Treppe hinunterzusteigen begannen. Mit einem Ruck blieb der junge Mann stehen und wandte ihr sein erstauntes Gesicht zu.

„Woher weißt du denn, daß ich — daß ich . . ."

„Daß Sie dichten?" unterbrach ihn Diane lachend. „Ja, das möchten Sie wohl gerne wissen!"

„Von Kuller-Bertel", erklärte Sabine, die Herrn Steiger nicht länger nasführen wollte. „Sie hat uns das hübsche Gedicht gezeigt, worin Sie damals ihre Kochkunst so gelobt haben."

„Seitdem sind Sie natürlich ihr besonderer Liebling!" fügte Diane übermütig hinzu.

Mehr sollte Herr Steiger im Augenblick nicht über diesen Fall erfahren, da ihn ein anderer „Fall" weiteren Fragen entriß. Das ging so schnell, daß die Mädchen nur ein Durcheinander von Armen und Beinen — und zwar von Menschen- und Tischbeinen — die Treppe hinunterwirbeln sahen, bis der Aufprall auf dem Treppenabsatz erfolgte.

Es gab ein Donnergepolter, daß das ganze Haus zusammenlief.

Frau Bruck war die erste, die sich über den jungen Mann beugte.

„Du meine Güte! Haben Sie sich etwas getan?" fragte sie besorgt.

Ächzend erhob sich Herr Steiger und rieb sich die Knie.

„Nein, danke. Nur ein paar blaue Flecke, glaube ich." Mit einem Blick auf den beschädigten Tisch fügte er kläglich hinzu:

„Ach, sehen Sie! Das eine Bein ist zerbrochen!"

Unten, am Fuß der Treppe, hatte Kuller-Bertel schreckgelähmt nach oben gelauscht. Aufatmend hatte sie vernommen, daß weder Diane noch deren Freundin Sabine etwas zugestoßen war. Es handelte sich, wie sie hörte, um Herrn Steiger. Aber ein Bein hatte sich der arme Kerl gebrochen! Das war schrecklich genug!

Eben trat Tom, der natürlich noch nichts von dem Geschehenen ahnte, von draußen herein, wo er ein paar Gartengeräte aus dem Weg geräumt hatte.

„Schnell, Tom", rief Bertel ihm entgegen, „ruf gleich mal in der Kreisstadt an, sie sollen einen Unfallwagen schicken! Herr Steiger hat sich ein Bein gebrochen!"

„Was denn?! Wo denn?" stotterte Tom.

„Frag nicht lange, mein Lieber, tu, was ich dir sage!"

Kaum hatte Tom seine Unfallmeldung durchgegeben, als er auch schon hinauslief, um nach dem Verletzten zu sehen, und Bertel folgte ihm auf dem Fuße. Beide trauten ihren Augen nicht, als sie Herrn Steiger unversehrt in der Halle stehen sahen, umgeben von Frau Bruck, Ulrich, Diane und Sabine.

Und gerade hörten sie die Herrin des Hauses sagen:

„Da machen Sie sich mal keine Gedanken mehr, Herr Steiger. Das Bein läßt sich ja wieder reparieren. Die Hauptsache ist, daß Ihnen nichts passiert ist!"

Kein Wunder, daß Tom vor lauter Verblüffung eine ganze Weile brauchte, um zu begreifen, was sich in Wirklichkeit zugetragen hatte.

Kuller-Bertels Irrtum brachte noch einmal das ganze Haus in Aufruhr, diesmal aber auf eine erfreuliche Art. Und Bertel war so erleichtert über die Wendung der Sache, daß sie nichts übelnahm, sondern in das Gelächter der anderen mit einstimmte.

Schließlich gebot Frau Bruck Ruhe.

„Nun müssen wir aber weitermachen, Kinder", sagte sie energisch, „sonst werden wir mit der Arbeit nicht fertig!"

Und zu Herrn Steiger sagte sie noch einmal ernst:

„Jedenfalls haben Sie großes Glück gehabt. Das hätte nämlich auch anders ausgehen können!"

Tom aber wurde durch die Worte seiner Mutter an seinen „blinden Alarm“ erinnert. Mit einem Aufschrei rannte er zum Telefon, um die Meldung rückgängig zu machen. Ob das noch möglich war? Kurz darauf konnte er aufatmen: im letzten Augenblick war es dem Polizeimeister gelungen, den Wagen zurückzuhalten ...

Als sich die Aufregung gelegt hatte, wurde der Student von den Mädchen als Küchenhilfe gekapert. Übermäßig geschickt stellte er sich nicht dabei an. Wenn Diane die Rosinen derart langsam ausgesucht hätte, wäre ihr ein Rüffel gewiß nicht erspart geblieben. Aber was sollte man von einem Dichter verlangen?!

„Lassen Sie nur, Herr Steiger“, meinte Bertel gutmütig. „Erzählen Sie lieber, wie es Ihnen inzwischen ergangen ist.“

Nun, allzuviel hatte der junge Student nicht zu berichten, alles lief auf die Büffelei für sein Examen hinaus.

Während er davon sprach, wurde ringsum tüchtig geschnipselt, geschält, gerührt und gehackt. Und auf dem riesigen Herd schmurgelte der Braten und dampften die Kartoffeln. Aus dem Backofen aber roch es immer appetitlicher nach frischem Apfelkuchen ...

Dianes Königsschuß

Am Sonntagnachmittag begann das Kirchweih-Vergnügen. Da waren am Schützenplatz draußen bei dem großen Steinbruch, dicht vor dem Wald, Zelte aufgeschlagen. Die hölzernen Gerüste dafür blieben das ganze Jahr über stehen und erinnerten alle, die vorüberkamen, immer an die beiden schönen Dorffeste — an die Kirchweih und an das Schützenfest.

Und in diesem Jahr fielen gar beide zusammen! Kein Wunder, daß alle in besonders fröhlicher Stimmung hinauszogen: Die Kinder in frisch gewaschenen Kleidern und mit strahlenden Augen, die jungen Mädchen und Burschen der Dörfer ein bißchen aufgeregt, die älteren Leute behaglich, und die Schützen voller Wichtigkeit, weil ja mindestens zwei Drittel des Festes — wie sie meinten — ihnen gehörte. Der Sonntag war in ihren Augen nur das Vorfest, da wollten sie den Budenbesitzern und den Gastwirten ruhig das Feld überlassen. Aber am Montag würde es dann richtig losgehen!

Diane und Sabine hatten versprochen, gegen drei auf den Festplatz zu kommen. Dianes Freundinnen aus dem Dorf — Christel und Marion — erwarteten sie schon.

Die vier Mädchen verzogen sich nach dem Steinbruch, weil sie dort besser schwatzen konnten. Sie waren noch nicht lange dort, da hörten sie es rufen: „Diane! Diaaane!"

Das war doch die Stimme von Haumeister Buchmann! Langsam erhob sich Diane und kletterte hinauf zum Festplatz.

„Da bist du ja endlich!" rief der Haumeister ihr entgegen. „Ich suche dich schon eine Weile."

„Was ist denn los?" erkundigte sich Diane.

„Du sollst doch beim Bogenschießen mithalten. Und der Vorstand vom Schützenverein hat beschlossen, daß dieses Preisschießen schon heute stattfindet. Morgen sind die anderen Schützen dran, dann bleibt zuwenig Zeit dafür!"

Diane hatte gerade noch Zeit, den drei Freundinnen die große Neuigkeit zuzurufen — und schon wurde sie von Herrn Buchmann zum Schießstand gezogen ...

Die jungen Burschen waren längst versammelt. Die meisten hatten schon geschossen. Du liebe Zeit — da war ja auch der Emil aus dem Einkaufsladen — diesmal rot vor Eifer, nicht vor Verlegenheit! Und Christels Bruder zielte bereits zum zweitenmal auf die Scheibe ... Pech! Sein Schuß ging daneben ...

„Los, Diane, du bist dran! Jeder hat zwei Schuß!" rief der erste Vorsitzende. Diane zielte, traf die Scheibe gut, zielte ein zweites Mal — und traf genau ins Schwarze! Das war noch keinem gelungen.

„Bravo!" riefen alle, und der Haumeister rieb sich die Hände und sagte: „Mensch, Mädchen, das hast du prima gemacht!"

Nach Diane folgten noch zwei Bogenschützen, aber so zielsicher wie das Mädchen waren sie nicht — im Gegenteil.

Diane war Schützenkönigin!

Wahrscheinlich hätten die jungen Leute sich geärgert, wenn ein anderes Mädchen ihnen diese Würde abgewonnen hätte, aber bei Diane sahen sie es anders an. Schon durch ihren Namen war sie ja zur kühnen Jägerin vorbestimmt, und als Försterstochter galt sie als halbe Respektsperson. Vor allem hatte sie eine nette Art.

Christels Vater, der Schützenhauptmann, hatte bei dem Preisschießen zugeschaut. Für ihn war das Bogenschießen ja nur eine Art Spielerei — ein Sport für die Jüngeren, aber immerhin, sie gehörten auch zu seinen Schützen. Jetzt streifte er Diane eine dicke Girlande aus Eichenblättern über und setzte ihr einen grünen Kranz aufs Haar.

„Die Schützenscheibe bekommst du auch", erklärte er. „Die kannst du dir neben die beiden Siegesscheiben deines Vaters an euer Haus hängen."

„Nein", sagte Diane strahlend, „die kommt an die Trotzbuche!" — Das war die dicke Buche, die vor dem Forsthaus stand.

„Nun, das ist deine Sache! Aber jetzt kommt alle hinüber ins Zelt. Wir müssen unsere Schützenkönigin hochleben lassen."

Sabine, Christel und Marion schlossen sich dem fröhlichen Zug natürlich an.

Eben war der Forstmeister auf dem Festplatz erschienen. — Er mußte sich ja trotz seiner Jagdvorbereitungen wenigstens einmal sehen lassen! Schleunigst wurde er ins Zelt gerufen, weil es da für ihn eine Überraschung gäbe. So konnte er gleich mit auf Dianes „Schützenglück" anstoßen. Und er war nicht wenig stolz auf seine Tochter, beinahe als wäre das schon die Hauptveranstaltung gewesen.

Heimlich nahm er Tom und Ulrich beiseite und gab ihnen einen Auftrag. Unbemerkt fuhren die Jungen im Geländewagen, mit dem sie und ihr Vater heruntergekommen waren, gleich wieder los. Sie nahmen Frau Buchmann mit, die Frau des Haumeisters, die ein bißchen ängstlich hinter ihnen saß, denn Tom nahm die Kurven in voller Geschwindigkeit.

In Buchholz war es Sitte, daß am Vorabend des richtigen Schützenfestes dem alten Schützenkönig, der am nächsten Tag ja dem neuen zu weichen hatte, ein Ständchen gebracht wurde. Diesmal war der Tischlermeister dieser „Vorjährige", und seine Frau war zu Hause längst damit beschäftigt, den Gästen einen kleinen Empfang vorzubereiten. Denn ohne einen fröhlichen Umtrunk für die Kapelle und die Schützenbrüder würde es natürlich nicht abgehen.

Ein Glück für die Frau des Tischlermeisters, daß der Wind von Süden kam und die Klänge vom Festplatz nicht zum Dorf hinunter, sondern am Berghang entlangtrug! Sie hätte sonst sehr bald erschrocken festgestellt, daß der Zug unterwegs, sie selber aber mit den Vorbereitungen noch nicht fertig war!

Und der Schreck wäre ganz unnötig gewesen! Wohl hatten die Schützen sich aufgestellt, und die Musik spielte das Lied vom Jäger aus Kurpfalz; doch es war noch früh am Tage — erst gegen fünf Uhr nachmittags! —, und der Zug ging nicht ins Dorf, sondern bergan nach Eichenforst! Deshalb hörte die Musik auch bald auf; so viel Puste hatten die Bläser und Pfeifer nicht, daß sie beim Hinansteigen spielen konnten. Nur die Trommler sorgten dafür, daß alle gut im Takt marschierten.

Diane ging in der ersten Reihe, gleich hinter der Kapelle. Neben ihr trugen zwei junge Burschen abwechselnd ihre Siegesscheibe.

Diane strahlte. Soviel Ehre für ein Schulmädchen! Was für ein Jammer, daß nicht die ganze Klasse da war und ihren Triumph miterlebte!

Jetzt zeigte sich, welchen Auftrag Tom und Ulrich vom Vater bekommen hatten:

Die Tische vor dem Forsthaus — eigentlich erst für die Jagderöffnung aufgestellt — waren von Bertel und Frau Buchmann in aller Eile gedeckt worden: Becher und Gläser standen bereit, ein Bierfaß war aufgebockt. Anzapfen mußte Haumeister Buchmann. Das war von alters her sein Vorrecht bei jeder Jagdgesellschaft, und heute ließ er es sich erst recht nicht nehmen. Es war ja auch sein Triumph, sein Fest, daß Diane Schützenkönigin geworden war!

Frau Bruck bot Wurstbrote an, Frau Buchmann und Bertel sorgten in der Küche für Nachschub. Wenn es nur möglich gewesen wäre, so hätte Kuller-Bertel das ganze

Volk nur mit ihren Seufzern ernährt. Die Gesellschaft da draußen war allzu unvermutet gekommen ...

Die Kapelle hatte wieder Kraft und Puste genug und schmetterte los. Prinz Kuckuck, der wegen der Jagdvorbereitungen nicht zur Kirchweih erschienen war, hatte von Dianes Brüdern natürlich längst die große Neuigkeit erfahren. Rechtzeitig kam er mit seinem Waldhorn hinzu. Als die Kapelle schwieg, stimmte er die Weise an, die er vor Dianes und Sabines Abreise nach den Sommerferien gespielt hatte. Durch das geöffnete Fenster klang Klaviermusik dazu — dort saß der Student.

Der sonst so übermütigen Diane glänzten plötzlich die Augen. Ihr war feierlich zumute, und sie empfand, welches Glück es war, dieses schöne Zuhause zu haben, diese herzliche Freundschaft zu besitzen, die ihr heute von allen Seiten entgegenschlug — und die sie sich auch in Zukunft erhalten wollte! —, und sie empfand vor allem, wie wichtig es war, solche unvermuteten Freudentage ganz auskosten zu können ...

Die Festgesellschaft auf dem Vorplatz prostete sich zu und geriet in immer ausgelassenere Stimmung. Auch die Musiker stärkten sich von Zeit zu Zeit; sie wurden des Spielens nicht müde.

„Komm, Diane, häng deine Scheibe selber auf!" rief Ulrich. Er hatte einen großen Haken in den Buchenstamm geschlagen, dem Eingang zum Forsthaus direkt gegenüber. So konnte Diane sie immer gleich sehen, wenn sie aus dem Haus trat!

Tom meinte: „Wir werden später ein kleines Dach darüber nageln müssen, damit die Farben nicht vom Wetter zu sehr verwaschen werden!"

Diane stieg auf die Bank, die neben der Buche gezimmert war, ließ sich die Scheibe zureichen und hängte sie an den Haken. Dann drehte sie sich um und sprang mit einem Satz hinunter, gerade als die Kapelle einen Tusch blies.

Die Schützen verabschiedeten sich und traten wieder in Reih und Glied an. Der Schützenhauptmann winkte Diane einen Gruß zu.

„Auf morgen zum richtigen Schützenball! Der erste Tanz ist für dich und unseren neuen Schützenkönig!"

Dann ging es mit fröhlichem Geschmetter bergab. Nun mochte die Tischlermeisterin ruhig hören, daß der Zug nahte: Bei ihr stand alles bereit.

Eichenforst kam nicht so bald zur Ruhe. Der Forstrat wurde ja am nächsten Mittag erwartet. Bis dahin mußte wieder Ordnung herrschen.

Alle packten an. Sogar Professor Wittig, der sich den ganzen Abend stillvergnügt im Hintergrund gehalten hatte, schleppte Gläser in die Küche. Bertel nahm sie ihm erschrocken ab: „Aber, Herr Professor, das sollen Sie doch nicht!" Für sich selber hatte sie noch einen kleinen Zusatz: Wie leicht kann er die Dinger fallen lassen, und wir brauchen doch in den nächsten Tagen alle Gläser!

„Königin" Diane, immer noch mit ihrem grünen Kranz gekrönt, spülte mit Sabine Gläser und Teller. Die Mutter und Bertel setzten ein Verzeichnis auf, wie sie am nächsten Morgen die angebrochenen Vorräte in aller Eile ergänzen konnten.

Dann wurde es endlich still im Försterhaus. Mit einem tiefen Seufzer sank Diane auf ihre Luftmatratze:

„Ach, Sabine, so einen schönen Tag hab ich noch nie erlebt!"

Das Schützenfest

Endlich war es soweit — das Schützenfest! Diane war wie elektrisiert.

„Wir könnten mal gleich unsere Kleider rauslegen“, sagte sie eifrig, „du dein hellblaues — und ich mein eierschalenfarbenes Strickkleid! Mutti mag nämlich nicht haben, daß man sich erst in letzter Minute um so was kümmert. Also komm!“

In der Diele stießen sie auf Kuller-Bertel, die über irgend etwas verärgert zu sein schien.

„Habt ihr Ulrich nicht gesehen?“ fragte sie nicht gerade freundlich.

„Ulrich? Nein — was soll er denn?“ erkundigte sich Diane.

„Ach, ich kann das eine Preiselbeerglas nicht aufkriegen. Dabei hab ich es schon in heißes Wasser gestellt und wer weiß was noch alles, aber nichts zu machen. Es ist wie verhext!“ Und wütend stapfte Bertel in die Küche zurück.

Wie der Blitz war Diane hinter ihr her.

„Laß mich mal versuchen. Wo ist denn das Ding?!“

„Das hat überhaupt keinen Zweck! Wenn ich es nicht aufkriege, kriegst du es wohl erst recht nicht auf“, knurrte Bertel und wollte sie zur Küche hinausbugsieren.

Aber Diane hatte das Glas schon entdeckt.

Trotz Kuller-Bertels Protestschreien stocherte sie mit einem Messer in dem Spalt zwischen Deckel und Glas herum — und siehe da: Sie schaffte das, womit sich Kuller-Bertel vergeblich abgemüht hatte!

Für diese „Heldentat" belohnte sie sich gleich selber. Blitzschnell fuhr sie mit dem Zeigefinger in das geöffnete Glas und steckte sich das, was sie von dem roten Kompott ergattert hatte, in den Mund, was ihr einen kräftigen Klaps von der entrüsteten Bertel eintrug . . .

„Eigentlich schaffst du doch immer alles", sagte Sabine bewundernd, als sie zusammen in ihr Notquartier, das Bügelzimmer, gingen.

„Na, alles nun auch wieder nicht", wehrte Diane ab, aber sie fühlte sich doch geschmeichelt.

Im Zimmer angelangt, öffnete sie sogleich den Kleiderschrank. Dort hingen ihre beiden Sonntagskleider, ein hellblaues und ein eierschalenfarbenes, und schienen sehnsüchtig auf ihre Trägerinnen zu warten. So jedenfalls kam es Diane vor.

„Wir müssen sie ja sowieso zum Mittagessen anziehen, wegen des Forstrats", sagte sie zu Sabine. „Also könnten wir das doch gleich tun. Meinst du nicht auch?"

„Ja klar", entgegnete Sabine.

Und schon ergriff Diane das hellblaue Kleid und legte es der Freundin sorgsam über den Arm.

Es war ein wunderhübsches Kleid aus allerfeinstem Wollstoff, ein Geburtstagsgeschenk vom Onkel Professor, und Sabine war sehr, sehr stolz darauf.

Aber als sie es auf ihrer Luftmatratze ausgebreitet hatte, erstarrte sie: Der linke Ärmel des Kleides wies einen dicken Blutfleck auf . . . Und schon gellte ihr Aufschrei durch das Zimmer!

Entsetzt warf Diane ihr Kleid auf einen Stuhl und stürzte zu der Freundin hin.

Sie brauchte nur einen Blick auf den Ärmel zu werfen, um von einem blassen Schauder erfaßt zu werden, so, als habe sie etwas noch Schrecklicheres entdeckt als Blut . . .

„Das ist — das ist kein Blut", stammelte sie. „Das ist ein Preiselbeerfleck ... Aber wie kommt der denn dahin??"

Ein Preiselbeerfleck??

Sabine traute ihren Ohren nicht. Dann aber brach sie los:

„Das kommt von deiner dummen Nascherei! Wenn du dir wenigstens die Hände gewaschen hättest, aber nein! Mein Kleid, mein neues Kleid mußt du damit anfassen!" Sie sank neben das verdorbene Kleid und weinte.

Diane kämpfte mit den Tränen.

„Ich kann das gar nicht begreifen", murmelte sie. „Ich hab mir doch den Finger ganz sauber abgeleckt!"

„Na, wie sauber, das siehst du ja!" fuhr Sabine hoch und sah wütend zu Diane auf. „So kann ich das Kleid doch nicht anziehen!"

Urplötzlich verstummte sie, saß einen Augenblick fassungslos da und starrte auf Dianes Strickjacke.

Und dann lachte sie, lachte und lachte.

Da machte sich ein Preiselbeerfleck von der Größe eines Fünfmarkstücks auf ihrer roten Strickjacke breit!

Das also war des Rätsels Lösung: Diane hatte sich beim Naschen unbemerkt bekleckert und einen Teil davon an Sabines Ärmel abgewischt. Diane allerdings wußte nicht, ob sie darüber lachen oder weinen sollte. Aber bevor sie sich noch darüber klar werden konnte, kam schon ein Rettungsengel ins Zimmer. Es war Frau Buchmann, die Haumeisterin, und sie hatte nichts weiter im Sinn, als die Mädchen zur Ruhe zu mahnen.

„Man hört euch ja bis hinunter ins Dorf!" sagte sie kopfschüttelnd.

„Ach liebste, beste Frau Buchmann — können Sie uns nicht helfen?" wurde sie von Diane angefleht und vor das hellblaue Kleid geführt. „Wie kann man bloß den Preiselbeerfleck wieder rauskriegen!?"

Man rühmte Frau Buchmann nicht umsonst nach, eine der praktischsten Hausfrauen zu sein. „Lange darf das Kleid in diesem Zustand ohnehin nicht gelassen werden", stellte sie fest, „denn wenn der Fleck erst mal eingezogen ist, geht er so leicht nicht wieder heraus."

Sie betrachtete sich den Stoff mit großer Genauigkeit. Dann hatte sie ihren Entschluß gefaßt:

„Gebt mir das Kleid mal eben mit. Ich glaub sicher, daß ich's euch in einer halben Stunde zurückbringen kann. Ohne Fleck natürlich."

Und wirklich, in einer knappen halben Stunde erschien sie wieder, mit dem Kleid über dem Arm.

„Na, was sagt ihr nun?" fragte sie nicht ohne Stolz.

Die Mädchen stürzten hinzu, um sich die Stelle anzuschauen, wo der abscheuliche Fleck gesessen hatte. Aber es war nichts davon übriggeblieben!

Sabine fiel ihrer Retterin um den Hals, und Diane folgte ihrem Beispiel.

„Wie haben Sie das nur fertiggebracht?" rief Diane.

„Ja, so schnell – und nichts mehr zu sehen!"

„Das ist mein Geheimnis", sagte Frau Buchmann lachend. „Wenn ihr mal selber Hausfrauen seid, dann verrat ich's euch!"

Die Mädchen waren kaum mit Ankleiden fertig, als der Gong durch das Haus tönte.

„Platz nehmen zum ersten Mittagessen!" rief Ulrich ihnen durch die geschlossene Tür zu und ließ den Gong noch einmal besonders auflärmen.

„Unsinn, das kann doch noch gar nicht soweit sein", rief Diane unterdessen ihrer Freundin zu. „Ulrich will uns nur auf den Arm nehmen."

„Ist es nicht trotzdem besser, wir gehen raus?" fragte Sabine.

Es war ein Glück, daß Diane ihren Vorschlag angenommen hatte: Eben geleitete der Forstmeister seinen Gast in das Speisezimmer, und Frau Bruck warf den dahinter eintretenden Mädchen einen strafenden Blick zu ...

In ihren hübschen, nun untadeligen Kleidern begrüßten sie den Vorgesetzten des Forstmeisters: den Herrn Forstrat. Dann setzten sie sich brav auf ihre Plätze.

Kuller-Bertels Kalbsnierenbraten mit der schmackhaften Soße schmeckte wunderbar, und der Forstrat spendete ihrer Küche wieder einmal das höchste Lob. Dennoch entging es niemand, daß er sich am meisten an den Pilzen gütlich tat, die Bertel diesmal nur als Beigabe gedacht hatte.

„Die gibt es nirgends so gut wie bei Ihnen!" stellte er auch heute begeistert fest.

Die Mädchen warfen Herrn Steiger vielsagende Blicke zu und weideten sich an seiner Verlegenheit. Nein, diesmal hatte sich wohlweislich niemand auf diesen Pilzsammler verlassen ...

Beim Nachtisch wandte sich der Forstrat an Diane:

„Und du bist Schützenkönigin im Bogenschießen geworden?"

Er hatte die große Neuigkeit von Prinz Kuckuck erfahren.

Diane nickte errötend.

„Dann bist du ja eine echte Försterstochter", sagte der Forstrat anerkennend und nestelte an seiner goldenen Uhrkette ... „Hier hast du auch von mir einen Preis — ein Andenken an deinen Königsschuß!"

Er reichte ihr zwei in Gold gefaßte Hirschzähne hinüber, die von einem erlegten Hirsch stammten.

„Das sind meine ersten Hirschgrandeln", erklärte er dabei. „Du mußt sie natürlich an einer Halskette tragen."

Diane wußte sich vor Freude kaum zu fassen.

Strahlend lief sie um den Tisch herum und bedankte sich mit einem regelrechten Knicks vor dem liebenswürdigen Gast, der ihr lächelnd abwinkte . . .

Draußen fiel Diane gleich über Sabine her:

„Was sagst du bloß dazu — ist das nicht toll? Du, ich werde das Kettchen dazu nehmen, das du mir mal geschenkt hast — natürlich nur für heute, zum Schützenfest. Eigentlich muß es eine festere sein, aber die kann ich mir ja zu Weihnachten wünschen." Kaum aber hatte sie die Kette mit den Hirschgrandeln umgelegt, als sie auch schon danach drängte, sie möglichst bald von allen bewundern zu lassen.

Deshalb kam ihr ein Telefonanruf von Christel sehr gelegen.

„Mutti, wann dürfen wir denn nun zum Schützenfest?" jammerte sie. „Christel hat schon angerufen, wo wir bleiben!"

„Also, dann macht schon, daß ihr fortkommt", entgegnete Frau Bruck lachend. „Irgendwann kommen wir anderen nach. — Wie ist es mit Ihnen, Professor?"

Aber der alte Herr entschuldigte sich. Der Lärm des Schützenfestes war ihm zu anstrengend. Außerdem mußte ja auch jemand das Haus hüten.

Dafür erklärten sich Tom, Ulrich und Prinz Kuckuck dazu bereit, die Mädchen zu begleiten. Und bald machten sich alle fünf auf den Weg ins Dorf hinunter.

Auf dem Festplatz herrschte Hochbetrieb.

Unvermutet waren noch ein paar besondere Gäste auf dem Plan erschienen, Gäste, die ein ziemliches Aufsehen erregten: zwei Kameraleute mit ihren Filmapparaten, die unter dem Motto „Fünfzigjähriges Bestehen des Buchholzer Schützenvereins" hier filmen sollten.

Sie hatten eine junge Dame bei sich, ein Filmsternchen, Ilka genannt, das irgendwo mal gespielt haben sollte. Wie winzig klein ihre Rolle gewesen war, das verriet sie natürlich nicht! Die Dorfbewohner bewunderten sie aus ehrfürchtiger Entfernung mit staunenden Blicken: eine Filmschauspielerin!

„Wir filmen nachher den Ehrentanz des Schützenkönigs", sagte der Wortführer der Filmgruppe, als sie zum Schützenstand hinausgingen. „Ilka, du mußt mit ihm tanzen, das macht sich gut!"

Aus der Ferne erscholl ein ohrenbetäubender Jubel. Alles rannte zum Schießstand, wo heute natürlich nur Männer — und zwar mit richtigen Gewehren — nach der Königswürde zielten.

Gerade wurde die Scheibe heruntergeholt.

Ein Meisterschuß, vielmehr zwei Meisterschüsse, hintereinander vom gleichen Schützen getan: Dicht beieinander lagen die Einschläge im schwarzen Innenkreis, der Zehn!!

Wer aber war der glückliche Schütze?

August Kannegießer, der Waldaufseher, der noch am Sonnabend mit einer Flasche Bier vor der Hütte im Revier gesessen und dem Hirschröhren gelauscht hatte! Das also war der neue Schützenkönig des ruhmreichen Buchholzer Vereins!

Bravo-Rufe dröhnten ihm jetzt in den Ohren. Man schüttelte ihm die Hände, allen voran der entthronte Vorgänger, Tischlermeister Grimm. Der diesjährige Schützenkönig stand fest: August Kannegießer — ja, das war ein ungeahnter Aufstieg! Vom Waldarbeiter zu den höchsten Würden!

Tom und die beiden Mädchen hatten sich längst einen Tisch in dem großen Festzelt gesichert und hielten die erforderliche Anzahl von Plätzen für Prinz Kuckuck und Ulrich, gleichzeitig aber auch für die Eltern und den Forstrat frei. Das war gar nicht so einfach, denn immer wieder steuerten Platzsuchende ihrem Tisch zu und wurden mit einem „Leider besetzt!" abgewiesen.

Endlich erschienen Prinz Kuckuck und Ulrich, beide voller Bewunderung für den Meisterschützen.

„Der darf nachher mit der Filmschauspielerin tanzen, habt ihr Worte?" sprudelte Ulrich. „Mensch, hat der vielleicht ein Glück!"

„Ja, und fürs Fernsehen wird er auch gefilmt", sagte Prinz Kuckuck. „Das hat er sich gewiß nicht träumen lassen!"

Alle, wie sie da saßen, gönnten dem Waldarbeiter die Auszeichnung von ganzem Herzen.

Da! Die Mitglieder der Kapelle erhoben sich — der Schützenkönig betrat das Festzelt! Und schon erscholl der mit Spannung erwartete dreimalige Tusch der Musikanten.

Während die Festgäste einen lärmenden Hochruf nach dem anderen anstimmten, drängten sich der Forstmeister, seine Frau und der Forstrat suchend durch die Menge.

Diane hatte sie als erste erspäht. Durch Winken und Rufen konnte sie die Aufmerksamkeit der Ankömmlinge auf ihren Tisch lenken.

Endlich hatten alle ihre Plätze eingenommen, und Diane wollte eifrig von dem Geschehenen berichten.

„Wir haben schon gehört", sagte der Forstmeister. „Sieh an, der gute Kannegießer! Na, dem wird es Spaß machen, daß er auch mal die erste Geige im Dorf spielen darf."

„Und sogar ein ganzes Jahr hindurch", sagte Tom, „zumindest bei den Schützen."

Abwartend blickten sie nun auf die erhöhte Tanzfläche inmitten des Festzeltes. Einmal schon hatte die Kapelle mit einem Tusch zum Ehrentanz aufgefordert, aber irgend etwas Unvorhergesehenes schien die Sache zu verzögern.

In diesem Augenblick drängte sich Tischlermeister Grimm durch die Reihen und steuerte geradewegs auf den Forstmeister zu. Alle Köpfe wandten sich nach ihm um.

„Verzeihung, Herr Forstmeister", sagte Meister Grimm, „ich soll Ihre Tochter zum Ehrentanz mit dem neuen Schützenkönig holen. Als Siegerin beim Bogenschießen hat sie ja ein Recht darauf, nicht wahr?"

Dabei lachte er Diane an.

„Na, nun mal los — keine Müdigkeit vorschützen, mein Fräulein!" rief der Forstrat über den Tisch zu Diane herüber, und als auch ihr Vater lächelnd seine Zustimmung dazu gab, stand Diane auf und folgte dem Abgesandten des Schützenvereinsvorstandes.

Aber auf halbem Wege überraschte sie schon ein dreifacher Tusch der Kapelle, und der Königstanz begann!

„Was denn? Ja, was ist denn da los?" Tischlermeister Grimm war total verdattert. Hatte er etwas mißverstanden?

Nun, das mußte wohl so sein, denn am Arm des strahlenden August Kannegießer schwebte Ilka, die zierliche Filmschauspielerin, über die Tanzfläche, eng an ihn geschmiegt, zu ihm auflächelnd und von Scheinwerfern begleitet.

Diane wollte sofort kehrtmachen, aber Herr Grimm hielt sie fest. „Nein, nein — komm mal ruhig mit. Die Sache muß ja aufgeklärt werden!"

Das Ganze stellte sich als sein eigener Irrtum heraus.

Nicht für den Königstanz hatte man sie heruntergeholt, sondern auf Anregung des Filmmannes, der sich die Bogenschützen-Königin vom Vortage mal ansehen wollte. Vielleicht ließ sie sich in die Abendschau mit „einbauen".

Kaum hatte er Diane zu Gesicht bekommen, als er auch schon die Kamera herumschwenken ließ:

„Das gibt eine Aufnahme!" stellte er fest.

Langsam glitt die Kamera auf das verdutzte Mädchen zu, dessen eierschalenfarbenes Kleid märchenhaft im Scheinwerfer aufleuchtete ...

Diane wurde gefilmt, für das Fernsehen gefilmt! Mit keinem anderen an der Seite als dem noch verdutzteren Tischlermeister Grimm, dem entthronten Schützenkönig!

Da kommen ja auch meine Hirschgrandeln mit drauf! war alles, was ihr in diesem Augenblick durch den Kopf fuhr ...

Nach dem Applaus für die Ehrenrunde des neuen Schützenkönigs August Kannegießer wurde die Tanzfläche freigegeben, und bald herrschte darauf ein tolles Gewühl.

Aber wem machte das schon etwas aus!?

Tom tanzte mit Diane, Prinz Kuckuck mit Sabine. Dann wechselten die Paare ihre Tanzpartner.

Als Diane mit Prinz Kuckuck an den Tisch zurückkehrte, waren ihre Eltern und der Forstrat gerade im Aufbruch begriffen.

„Wir wollen nur noch dem Schützenkönig gratulieren, dann verdrücken wir uns", sagte der Forstmeister. „Prinz Kuckuck, Sie schicken uns das junge Gemüse, wie ich hoffe, rechtzeitig nach Hause."

Ulrich, Prinz Kuckuck und Diane blieben am Tisch zurück, und im Handumdrehen waren die drei leeren Stühle von ein paar jungen Leuten besetzt.

Diane hielt nach Sabine Ausschau. Das hellblaue Kleid war zwischen den Tanzenden leicht herauszufinden: es schmiegte sich gerade an den Sonntagsanzug eines jungen Burschen aus dem Dorf.

„Kein Wunder", sagte Prinz Kuckuck lachend. „Das Mädel tanzt ja auch einmalig!"

„Einmalig" war sein Lieblingsausdruck, wenn es etwas besonders zu bewundern gab.

„Wie ist es, wollen wir mal?" fragte Ulrich die Schwester.

Diane stand bereitwillig auf. Prinz Kuckuck mußte ja schließlich auch zu seinem Vergnügen kommen und eines der vielen hübschen Mädchen im Zelt auffordern . . .

Nun, eine reine Freude war es nicht für sie, sich Ulrichs Bocksprüngen anzupassen, die er „tanzen" nannte. Sie war froh, als die Musik endlich eine Pause einlegte. Aber auch Ulrich hatte die Hopserei satt.

„Ich gehe nach Hause“, sagte er zu seiner Schwester. „Hier ist ja doch nichts mehr los.“

Dafür erschien Sabine wieder am Tisch, hochrot und überglücklich.

„Ich muß erst ein bißchen verschnaufen“, sagte sie und pustete sich eine Haarsträhne aus dem erhitzten Gesicht.

„Prinz Kuckuck sagt, du tanzt einmalig“, verriet Diane der Freundin.

Sabine strahlte.

„Ja, Tanzen ist mein Hobby, so, wie für dich das Schießen. — Aber da fällt mir was ein: Morgen in der Fernseh-Abendschau kann man sehen, was die hier gefilmt haben. Das hat mir der Kameramann gerade vorhin gesagt!“

„Ist das wahr?“ Diane konnte es kaum fassen. Bis jetzt hatte sie das Ganze gar nicht so ernst genommen. „Du, das müssen wir gleich Tom und Prinz Kuckuck sagen, wenn sie zurückkommen.“

„Ja natürlich! Wo sind die denn überhaupt?“

„Na, sie tanzen wahrscheinlich.“

Richtig, man konnte sie im Gewühl der Tanzenden auftauchen sehen, auch die drei jungen Leute, die den Tisch unbemerkt verlassen hatten.

„Sag mal, wo hast du denn deine Hirschgrandeln?“ fragte Sabine plötzlich.

„Meine Hirschgrandeln?“ Dianes Hand fuhr an den Hals. Aber da war nichts von einer Kette zu spüren.

„Weg! — Meine Kette ist weg!“ stieß sie entsetzt hervor und starrte Sabine fassungslos an. „Wo kann ich die denn verloren haben?“

„Wenn man nur wüßte, wie lange sie schon weg ist“, sagte Sabine.

„Ich kann mich nur noch erinnern, daß ich sie noch umhatte, als wir gefilmt wurden", stammelte Diane. „Aber das ist auch alles."

„Vielleicht ist sie dir beim Tanzen aufgegangen und hinuntergefallen", überlegte Sabine.

Beim Tanzen!

„Natürlich, nur dabei kann es gewesen sein, bei Ulrichs Gehopse!" stöhnte Diane auf. „Dem hab ich's zu verdanken, daß ich die Kette losgeworden bin ... Was sage ich bloß zu Hause? Ich kann doch dem Forstrat ohne die Hirschgrandeln nicht mehr unter die Augen treten!"

„Vielleicht hat sie schon jemand gefunden und abgegeben", tröstete Sabine die Freundin, wurde aber durch einen Wink von ihr zum Schweigen gebracht.

„Still, kein Wort darüber zu Tom und Prinz Kuckuck!" zischte Diane ihr zu.

Soeben war die Musik verstummt, und die Tänzer kehrten an ihre Tische zurück. Bald war auch der ihre wieder besetzt, bis auf den verlassenen Platz von Ulrich.

Prinz Kuckuck sah erstaunt auf Diane, die ihre Hände vor das Gesicht gelegt hatte.

„Nanu, müde?" erkundigte er sich.

„Nur ein bißchen Kopfschmerzen", antwortete sie.

Als sie die Hände sinken ließ, hatte sie sich wieder gefaßt.

„Machen Sie sich keine Gedanken, Prinz Kuckuck, es wird schon gleich besser", sagte sie mit einem warnenden Blick auf Sabine. Niemand von der ganzen Runde ahnte, was sich unterdessen unter dem Tisch begab — bis Tom plötzlich unruhig wurde.

„Hat hier jemand einen Hund mit?" fragte er und lüftete das Tischtuch, um zu erfahren, was an seinem Bein herumkrabbelte.

Da aber tauchte der „Hund“ bereits auf, und es handelte sich dabei um keinen anderen als den kleinen Lehrling aus dem Einkaufsladen.

Mit hochrotem Kopf streckte er Diane seine Hand entgegen, um ihr die verlorene Kette zu überreichen.

„Da ist sie“, sagte er bescheiden.

Diane nahm ihm die Kette aus der Hand. Dann starrte sie den Jungen fassungslos an.

„Wo war sie denn, Emil? Unterm Tisch? Ja, woher wußtest du denn überhaupt ...“

Sie war vor Freude so überwältigt, daß sie nicht weitersprechen konnte.

Dafür sprach Emil.

„Ich sitz ja schon die ganze Zeit am Nebentisch, du hast mich bloß nicht gesehen“, erklärte er. „Da hab ich gehört, daß du deine Kette vermißt, und hab sie unter dem Tisch blinken sehen. Das war alles.“

„Na, so was! Du bist ja der reinste Detektiv!“ sagte Tom anerkennend. Nun konnte er sich — ebenso wie Prinz Kuckuck — Dianes Kopfschmerzen erklären!

In diesem Augenblick setzte die Musik von neuem ein.

„Du weißt nicht, was für einen Gefallen du mir getan hast!“ sagte Diane und drückte dem hochroten Emil dankbar die Hand. „Würdest du wohl den nächsten Tanz mit mir tanzen?“

Nun, und ob Emil wollte! Tanzen war etwas, das er prima konnte, so tolpatschig er sonst immer auch wirken mochte.

So segelten die beiden über die Tanzfläche dahin, jeder von ihnen von Herzen froh und glücklich.

Und was für Emil das schönste war: Unter den vielen erhitzten Gesichtern fiel sein tomatenrotes Gesicht auch nicht im geringsten auf!

Dianes Hirschgrandeln-Kette aber lag wohlverwahrt in ihrer Handtasche. Sie wollte nicht noch einmal eine solche Aufregung erleben, nachdem sie das schadhaft gewordene Schloß betrachtet hatte ...

Aber Emils Kameraden und die älteren Jungen staunten. Wie kam der Bursche zu der Ehre, mit Diane zu tanzen? Und sie plauderte so vergnügt mit ihm, das war doch allerhand!

Sie steckten die Köpfe zusammen, als der Tanz zu Ende war und die beiden an Dianes Tisch zurückgingen. Der nächste Tanz begann sofort und — Emil tanzte mit Sabine! Das war doch die Höhe! Auch Marion und Christel konnten nicht sagen, warum und wieso.

Nach diesem Tanz kamen Emils Freunde neugierig heran. „Mensch, Emil, du holst dir einfach die beste Tänzerin. Und die Tochter von Eichenforst außerdem. Wie machst du das bloß?"

Der kleine Emil, den sie sonst immer ein bißchen mitleidig und von oben herab behandelten, sah sie vergnügt an, zuckte die Achseln und meinte verschmitzt: „Man hat so seine Methoden!"

Dann tanzte Sabine mit Tom.

Die abendliche Wanderung am Sonnabend hatte großen Eindruck auf sie gemacht.

Weil sie nun gehört hatte, daß Tom noch an diesem Abend den Hirsch ausmachen sollte, der für die Büchse des Ministerpräsidenten gedacht war, fing sie beim Tanzen ein merkwürdiges Gespräch an.

„Wie lange bleibst du noch hier?" erkundigte sie sich bei Tom.

„Höchstens noch eine Viertelstunde", war die Antwort, „dann muß ich ins Revier."

„Ich weiß. Und ich möchte mit!"

„Du? Wie kommst du darauf? — Es wird abends schon ziemlich kühl."

„Das weiß ich. Ich kann mich ja warm anziehen. Mich interessiert der große Hirsch, der Zwölfer, nach dem du Ausschau halten sollst."

„Der Zwölfer? Stimmt! Nach dem soll ich sehen!"

„Kann ich mit dir gehen?"

Tom überlegte. „Willst du jetzt schon weg von hier? Du tanzt doch gerne. Ich kann nicht länger bleiben."

„Ach, tanzen kann ich immer. Aber den Hirsch beobachten . . ."

„Also gut! Ich nehme dich mit."

„Ich muß nur Diane Bescheid sagen."

„Kommt überhaupt nicht in Frage! Dann habe ich euch beide auf dem Hals. Und Diane war schon öfter mit Vater draußen. Ich sage Prinz Kuckuck Bescheid. Lauf du gleich vor. Der Wagen steht nicht weit entfernt."

In Eichenforst wunderte man sich, daß Sabine schon zurückkam. Doch Herr Bruck nickte ihr zu, als er den Grund erfuhr.

„Zieh dich warm an, Kind! Es wird schnell kühl, und ihr dürft euch nicht bewegen, sondern müßt euch ruhig verhalten."

Der Zwölfender

Eine halbe Stunde Fußmarsch hatten sie vor sich. Der Hochsitz, zu dem Tom gehen sollte, war auf einer Kiefer angebracht.

Mittlerweile war es finster geworden, und der Mond zeigte sich noch nicht über dem Wald. Nur ein fahles Licht schickte er voraus. Die dunklen Baumschatten, die leisen letzten Drosselrufe, die fiependen Mäusestimmen im welken Laub, das bei jedem Schritt raschelte — wunderbar war diese Stimmung im Herbstwald. Vom Tal zog sachte der Nebel herauf, besonders vom Hirschgrund her, durch den der Kaltenbach floß.

Aber Sabine fühlte sich in Toms Gesellschaft sicher. Nicht einmal die beiden Fledermäuse konnten sie erschrecken, die kurz hintereinander über ihre Köpfe weghuschten.

„Ziemlich spät für Fledermäuse“, meinte Tom, als eine dritte im Zickzack vor ihnen herflatterte. „Es ist eben ein sehr milder Oktober, sonst hätten sie bestimmt schon für den Winterschlaf gerüstet. Schmetterlinge finden sie ja auch nicht mehr.“

„Was fressen sie dann?“

„Käfer, die noch herumschwirren. Aber lange wird es nicht mehr dauern, dann verziehen auch die sich zum Winterschlaf, und die Fledermäuse finden nichts mehr und müssen auch schlafen gehen.“

Ein Eichhörnchen schien noch am Boden herumzuhuschen, sie hörten es scharren und ein paarmal ärgerlich fauchen. Wahrscheinlich entdeckte es nicht, wonach es suchte.

„So“, meinte Tom schließlich, „wir sind da. Ich steig die Leiter hoch, du folgst mir. Aber paß gut auf und halt dich fest!“

Oben schlug er die Decke auseinander, die seine Mutter ihm vorsorglich mitgegeben hatte, und wickelte Sabine hinein. Sie nahmen die Ferngläser zur Hand und warteten still ...

Leise stieß Tom Sabine an den Arm. „Links!“ flüsterte er.

Wahrhaftig, da zog das ganze Rudel heran — sechs, sieben schattenhafte Gestalten. Wie unschlüssig wanderten sie in die Waldwiese hinein, zupften hier und da im Gras, bis plötzlich — in der Ferne — der gewaltige Schrei ertönte, der Sabine zwei Tage vorher so sehr erschreckt hatte. Der Hirsch! Näher und näher klang der Schrei, herausfordernd und befehlend zugleich. Die Hirschkühe hoben die Köpfe und drängten sich näher zusammen, als suchten sie gegenseitig Schutz vor dem Herrscher, der heranzog.

Und da trat er aus dem Dunkel, umkreiste die Herde und blieb reglos stehen. Irgendwo in der Ferne erklang ein anderer Schrei. Dort meldete sich ein Gegner, einer, der auch die Herrschaft über das Revier antreten wollte. Der Platzhirsch antwortete.

Hier bin ich! Stell dich zum Kampf! bedeutete sein immer heftigeres Schreien.

Plötzlich schienen alle anderen Laute im Wald erstorben. Nur die Stimmen der zwei gewaltigen Tiere dröhnten her und zurück.

Sabine zitterte vor Aufregung. So etwas Tolles hatte sie noch nie erlebt.

Nebelstreifen geisterten über die Wiese, ließen alle Formen verschwimmen, alle Gestalten größer und unwirklicher erscheinen. Die Unruhe der Muttertiere, die nun eng beisammen am Waldrand standen, die Erregung des Platzhirsches, das Schweigen der übrigen Welt — das alles schuf eine seltsame Stimmung, die Tom genauso bannte wie Sabine.

Und nun hatten sie ein großartiges Erlebnis, eines, das auch jeden Jäger immer wieder überwältigt, mag er noch so oft Zuschauer gewesen sein: den Kampf zweier Hirsche um die Herrschaft im Revier.

Der Platzhirsch war ein Zwölfender, ein stolzes Tier. Ein jüngerer Hirsch, ein Zehnender, wollte ihm den Rang ablaufen.

Langsam zog er heran.

Der Mond war inzwischen höher gestiegen, aber er war nicht klar. Immer wieder trieben Wolken über den Himmel und ließen kein klares Licht aufkommen. Die beiden auf ihrem Hochsitz sahen nicht viel. Dafür hörten sie die Geweihe krachend aneinanderschlagen, immer heftiger, immer schneller, dazwischen das Keuchen der erregten Tiere.

Und sowie das Mondlicht einmal zwischen den Wolken und dem Nebel durchbrach, beleuchtete es die gespenstische Szene.

Der Kampf dauerte nicht lange: der jüngere Hirsch brach unter einem heftigen Schlag des Zwölfenders zusammen. Einen Augenblick lang blieb er wie betäubt liegen, dann erhob er sich langsam, von dem Sieger aufmerksam und mißtrauisch beobachtet, und hinkte mühsam davon.

Hinter ihm erklang der Triumphschrei des Platzhirsches, ehe der hinüberwechselte zum Rudel, als dessen unbestrittener Herr er sich nun fühlen durfte.

Sabine erwachte wie aus einer Verzauberung, als Tom sich von seinem Sitz erhob.

„Seltsam!" sagte sie schließlich. „Es scheint alles gar nicht wahr zu sein; so ein Erlebnis hier in der Einsamkeit — und ein paar Kilometer weiter fegen die Autos über die Straßen . . ."

Tom nickte nur.

Sie kletterten vom Hochsitz hinunter und traten schweigend den Rückweg an. Erst nach einer Weile fing Tom wieder zu sprechen an.

„Haben wir es nicht gut", meinte er, „daß wir beides kennen: das Leben draußen und das heimliche verborgene Leben im Wald? Ich kann es schlecht ausdrücken, was ich meine, aber vielleicht verstehst du es trotzdem: wir gehören doch in unsere Zeit, in der es eben Autos, Maschinen, das Fernsehen und Mondraketen gibt. Mir macht es großen Spaß, mich damit zu beschäftigen. Doch wenn ich nur ständig damit zu tun hätte und von dem Wald nichts wüßte, die Wildtauben und Häher nicht am Ruf erkennen, die Spur eines hoppelnden Hasen nicht von der Spur eines flüchtenden Rehes unterscheiden könnte, niemals abends durch den dunklen Wald mit seinen vielerlei Lauten und Stimmen gegangen wäre oder einen Abend wie heute erlebt hätte, dann wäre ich doch viel ärmer . . . Ich drücke mich sicher dumm aus . . ."

„O nein", widersprach ihm Sabine. „Ich weiß schon . . . Ich habe das alles doch gar nicht gekannt. Aber seit ich hier in Eichenforst auch so ein bißchen zu Hause bin, kommt mir alles schöner vor. In der Stadt lebt es sich anders, nicht schöner und nicht schlechter, nur eben anders. Aber die beiden Leben gehören zusammen wie — wie . . .", sie überlegte, „vielleicht wie das Salz zur Suppe. Eines ohne das andere schmeckt nicht richtig."

Tom lachte. „Man merkt, daß Kuller-Bertel dich mit eingespannt hat! Ist es nicht drollig, was für tiefsinnige Gespräche wir führen? Und die anderen tanzen vergnügt unten im Dorf. Horch, die Musik!"

Sie waren dicht vor Eichenforst, und vom Festplatz klang tatsächlich Tanzmusik herauf. Der Lichterschein aus dem Dorf drang sogar durch den immer dichter werdenden Nebel.

Aber Tom irrte, Diane war mit ihrem Gefolge nicht mehr dort unten. Sie durfte ja nur bis acht Uhr bleiben.

Prinz Kuckuck war pünktlich mit ihr aufgebrochen, zu Fuß, denn Tom hatte ja den Wagen genommen.

Als sie durchs Dorf kamen, war der kleine Ort wie verwandelt. In seinen Winkeln zuckten Lichter wie Leuchtkäfer im Juni. Die paar schönen alten Höfe hatten alle Fenster voll Kerzen, und über ihren breiten Hofmauern mit der weiten Toreinfahrt und der schmaleren Eingangstür standen flackernde Lichter neben Hauslauch und Donnerkraut, die nach altem Bauernglauben als Schutz gegen allerlei Gefahren dort angepflanzt worden waren. Die alte Dorfkirche mit ihrem klobigen, weißgekalkten Turm schimmerte rötlich.

Je höher sie dann heimwärts stiegen, desto deutlicher erkannten sie, daß sich Nebel zusammenbraute. Sicherlich würde Eichenforst gegen Morgen wieder in einer dicken milchigen Wolkenschicht liegen ...

Eine Stunde vorher hatte Diane enttäuscht von Toms und Sabines Aufbruch erfahren. Aber sie hatte sich beim Tanzen schnell getröstet. Zum erstenmal war sie ja richtig dabei — statt bloß nachmittags beim Kinderball ein bißchen herumhopsen zu dürfen. Aber nun, mit fast dreizehn Jahren und als Schützenkönigin ...

Doch zu Hause wollte sie warten, bis Sabine und Tom zurückkamen und erzählten. Die waren inzwischen schon dicht am Zaun angelangt. Unwillkürlich blieben sie noch einen Augenblick stehen.

„Es war furchtbar lieb von dir, daß du mich mitnahmst", sagte Sabine leise. „Ich werde diesen Abend nicht vergessen."

„Schon gut", antwortete Tom ebenso leise und drückte ihr die Hand. Dann gab er sich einen Ruck und sagte, was er dachte und doch gar nicht leicht aussprechen konnte: „Es war viel schöner mit dir zusammen, und

ich werde diesen Abend ganz bestimmt auch nicht vergessen."

Noch ein fester Händedruck, dann räusperte er sich verlegen und klinkte die Tür auf.

Aufbruch zur Jagd

In aller Herrgottsfrühe – gegen fünf Uhr im Dämmerlicht – war der Forstmeister mit dem Ministerpräsidenten losgezogen.

Kuller-Bertel hatte einen extra guten Kaffee gekocht und ihnen heißen Tee in die Thermosflasche gefüllt.

„Es ist ziemlich kalt heute morgen", hatte sie dem Gast versichert, als er ihre Fürsorge lobte und sich immer wieder bedankte. „Die Herren werden froh sein, wenn sie sich ein wenig aufwärmen können."

Natürlich war auch Frau Bruck erschienen — dem Gast zu Ehren. Sie verabschiedete sich mit einem „Waidmannsheil!" von ihnen und bekam als Antwort „Waidmannsdank!" — eine Grußform, über die Sabine nicht genug staunen konnte. Wahrscheinlich hätte sie auch jetzt wieder darüber kichern müssen, wenn sie gelauscht hätte. Aber sie schlief noch tief und fest und träumte von dem Waldspaziergang mit Tom.

Punkt sieben rasselte der Wecker, den Diane abends mit ins Bügelzimmer gestellt hatte. Beide Mädchen fuhren auf . . .

Draußen war es schon lebendig. Der Dackel Rauhbautz bellte vor der Tür. Da hörten sie auch schon Ulrichs Stimme: „Lauter, Rauhbautz! Weck die beiden Schlafmützen!"

„Nicht nötig!" Diane öffnete die Tür um einen Spalt. Schon war der Dackel drin und begann eine lautstarke Begrüßung, bis Diane ihn am Nacken packte und wieder hinausbeförderte.

Keine Rede von der fröhlichen, geruhsamen Kaffeerunde, wie sie sonst auf Eichenforst üblich war! Nur der Professor hatte mit dem Frühstücken auf die Mädchen gewartet. Ihm verdankten sie, daß sie eine Weile in Ruhe sitzen und vom letzten Abend erzählen konnten. Nun aber brauste Kuller-Bertel herein.

Mit einem Seufzer stand Diane auf. Der Professor lächelte.

„Wenn man das hört, könnte man dich fast bedauern", meinte er. „Nur gut, daß ich es besser weiß." Und Sabine erklärte er: „Diane entwickelt bei solchen Gelegenheiten nämlich viele hausfrauliche Talente. Von dieser Seite kennst du sie noch nicht!"

Für den Abend war ein festliches Jagdessen geplant. Von der Beute, die dieser Tag bringen sollte, war allerdings dabei noch nichts zu verwerten. Kuller-Bertel holte Fleisch aus der Gefriertruhe.

„Aber wenn der Ministerpräsident seinen Hirsch schießt, dann hätten wir doch Fleisch genug", meinte Sabine erstaunt. Doch sie wurde von Frau Bruck belehrt:

„Das Stück Wild müßten wir dann erst vom Staat kaufen. Außerdem muß es erst abhängen — wie man sagt — oder in einer Soße gebeizt werden. Und die Enten und Rebhühner, die unsere anderen Jäger hoffentlich erbeuten, sollen auch erst in den nächsten Tagen gegessen werden. Ich hoffe, ihr könnt deiner Mutter ein paar mitbringen, dann habt ihr in Hohnstein noch einen Nachgeschmack von unserem Fest."

„Und was gibt es heute abend?" erkundigte sich Sabine interessiert.

„Rehbraten! Unser Vater war letzte Woche draußen. Ihr könnt Bertel ein bißchen über die Schulter gucken. Als künftige Hausfrauen wird euch das nicht schaden."

Für neun Uhr war der Aufbruch der Jäger festgesetzt. Langsam sammelten sich alle geladenen Gäste auf Eichenforst. Als erste rollten aus Buchholz zwei Wagen heran: Der Bürgermeister Schulz mit dem Amtsrichter Scharf und dem Hauptlehrer Heise im ersten Auto. Danach kam der Bachbauer, der als Schützenhauptmann nicht fehlen durfte, obwohl er nach dem Ball am vergangenen Abend recht spät ins Bett gekommen war. Nicht lange nach diesen Gästen aus dem Dorf erschien der Landrat.

„Unser guter Doktor läßt sich entschuldigen", sagte er gleich nach der Begrüßung. „Er hat im Stift eine alte Frau liegen, die er noch eine Weile ärztlich überwachen muß. Zum Essen heute abend wird er aber erscheinen."

„Na, dem guten Doktor ist das Essen auch der liebste Teil der Jagd", meinte Bürgermeister Schulz lachend. „Mit dem Laufen hat er's nun mal nicht. Und die Wanderungen, die er mir immer anrät, täten ihm selbst genauso gut . . ."

Ja, eine ausgiebige Wanderung hatten die Jäger vor sich. In zwei Gruppen zogen sie los zum großen Kellersee, die eine unter Prinz Kuckucks Führung nach Westen durch die Haidhäuser Flur, die andere, mit dem Forstrat an der Spitze, nördlich über den Hindberg weg. Der Dackel Rauhbautz mußte zu Hause bleiben. Die Jagdhunde Harras und Wacker gingen neben Prinz Kuckuck her und sahen mißtrauisch zu den beiden Vorstehhunden hinüber, die dem Bachbauern und dem Landrat gehörten. Die waren stolz und kümmerten sich überhaupt nicht um andere Hunde.

Es war ein wunderbarer Herbsttag. Plaudernd gingen die Herren neben- oder hintereinander her, solange sie noch im Wald rings um Eichenforst waren. Ab und an überraschten sie einen Hasen, der dann schnell davonhoppelte. Einmal schlugen die Zweige hinter einem erschrockenen Reh zusammen, das die Menschen auf dem weichen Moosboden erst spät herankommen hörte. Sie alle hatten an diesem Tage Ruhe vor den Jägern. Die sahen nur flüchtig zur Seite, wenn es in den Büschen knackte, und wurden erst aufmerksamer, als der Waldrand und das freie Feld dahinter in Sicht kamen.

Stoppeläcker und Wiesen waren noch feucht vom Tau. Am Waldrand leuchteten die Heckenrosenbüsche von korallenfarbenen Hagebutten. Der Bachbauer pflückte schnell ein paar blauschwarze Brombeeren, als ihm gerade ein Dornenzweig den Weg versperrte.

Ein Eichelhäher rätschte kräftig — das Warnzeichen für die Tiere im Wald und in den Feldern.

Dann sahen sie den See, an dem vom Schilf aus die Entenjagd stattfinden sollte. Auch einfache Boote lagen bereit. Doch es ging ja nicht nur auf Enten. Im nahen Niederwald warteten zehn Treiber: Dort wollte man Rebhühner und Bekassinen erlegen . . .

Zu Hause auf Eichenforst waren Frau Bruck, Kuller-Bertel und die Mädchen schon fleißig bei den Vorbereitungen für die große Jagdtafel, das sogenannte „Schüsseltreiben“, wie es scherzhaft hieß.

„Du könntest mir mal Petersilie aus dem Garten holen“, sagte Bertel zu Sabine. „Sehr viel — ich brauche welche zum Würzen und noch mehr zum Garnieren.“

„Und du, Diane, kannst ein paar Gläser Apfelmus aus dem Keller heraufholen“, rief Frau Bruck im Vorübergehen. „Und sieh mal zu, ob du die eingekochten Birnen findest. Sie stehen auf dem Regal, links in der Ecke.“

Treppauf treppab ging es, und doch fand man dazwischen immer ein wenig Zeit zum Plaudern. Die Mädchen hatten ja alles mögliche aus der Stadt zu berichten.

„Mutti, ich hab mich schrecklich geärgert über die Vier in Mathe!“ verriet Diane so ganz nebenbei der Mutter. — „Na, du, davon erzähl lieber dem Onkel Professor nichts!“ war deren Antwort.

Es gelang Diane auch, einen der neuesten Schulstreiche auszuplaudern: Sie und Sabine hatten dem Geschichtslehrer Niespulver auf den Schreibtisch geschüttet.

„Der niest sowieso schon immer wie ein Eisbär“, prustete Diane. „Und nun hörte er gar nicht wieder auf!“

Diese Geschichte nahm Frau Bruck geflissentlich nicht zur Kenntnis ...

Sabine dagegen benutzte jede Gelegenheit, die Freundin nach irgend etwas zu fragen, das mit der Jagd zusammenhing.

„Sind die Rebhühner nicht sehr scheu?" — „Weshalb hat der Bachbauer eigentlich seinen eigenen Hund mitgebracht?" ... Fragen, die nebenher gestellt und ebenso nebenher beantwortet werden mußten. Und dennoch konnte Sabine so mancherlei dabei erfahren. So etwa, daß die Rebhühner beim Auffliegen eine Kette bildeten und daß manche Jäger kleine Papierdrachen mit sich führten, damit die Hühner glaubten, ein Habicht stünde in der Luft. „Auf diese Weise", erklärte Diane, „sind sie leicht abzuschießen, weil sie sich dann tief an den Boden drücken und die Jäger dicht an sich heranlassen."

Diane sprach auch von den Vorstehhunden, die stocksteif vor den Vögeln stehenblieben und dem Jäger anzeigten, wo welche waren.

„Du kannst das nachher selber sehen", sagte Frau Bruck, die eben dazu kam. „Ich denke, ihr beiden Mädchen fahrt den Jägern das Mittagessen zum Treffpunkt hinaus. Vielleicht fährt Ulrich auch mit."

Die Freundinnen sahen sich an. Welche Aussicht!

„Mit dem Pony?" fragte Sabine atemlos.

„Na, ein Pony ist unsere alte Liese nicht gerade. Ein braves altes Ackerpferdchen. Und ihr nehmt den Kastenwagen."

„Aber Ulrich braucht nicht mit", protestierte Diane heftig.

„Wohin soll ich nicht mit?"

„Ach, du bist hier. Na ja, wenn man von gewissen Grautieren spricht ..."

„Brich dir die Zunge nicht vor lauter Höflichkeit ab. Ich kann sowieso nicht mit, wohin ihr auch wollt. Tom und ich sollen Vati mit dem Ministerpräsidenten heimholen. Mal sehen, ob sie Jagdglück hatten!"

Picknick am See

Die Jungen brausten los, und nicht viel später hatte der Holzarbeiter Kaspar — auf Eichenforst ein immer und überall hilfreicher Gast — die alte Liese vor eine sonderbare Kutsche gespannt: Hinter dem Bock befand sich eine Art Kasten, auf dessen Boden eine dicke Schicht Stroh lag.

Dorthinein wurde ein ganzer Kessel mit heißer Erbsensuppe gestellt, die nach allerlei Gewürzen und gebratenem Speck herzhaft duftete. Teller und Löffel lagen in einem hohen Tragkorb daneben, Servietten, Becher und ein paar Flaschen ebenfalls.

„Wacholder . . ." konnte Sabine entziffern.

„Zum Aufwärmen für die Herren", sagte Frau Bruck lachend. „Den Jägern wird es manchmal doch reichlich kühl, wenn sie warten müssen, wo sich und ob sich Wild zeigt. Wir haben ja Mitte Oktober."

Die beiden Mädchen stiegen auf. Diane schnalzte und gab dem Pferd mit der Peitsche einen leichten Schlag. „Hü, Liese, fahr zu!"

Die Waldstraße hinan zum Hindberg ging es, dann im Bogen um die Kuppe herum zum Teufelskopf hinüber. Das Pferdchen nickte bei jedem Schritt mit dem Kopf, und dabei klingelten die kleinen Metallscheiben am Geschirr.

Ganz feierlich war den beiden Freundinnen plötzlich zumute.

„Der Jäger aus Kurpfalz, der reitet durch den grünen Wald . . .", schmetterte Diane plötzlich los und unterbrach sich gleich: „War es nicht toll, wie die Kapelle das vorgestern spielte? Mir zu Ehren!"

Und damit waren sie wieder beim Schützenfest, beim großen Ball und dem Filmsternchen . . . Und bei Emil, dem rettenden Engel mit dem roten Gesicht! Ab und zu zeigte Diane mit der Peitsche hierhin und dorthin.

„Dahinunter geht ein Weg zur Glockenmühle. Schade, daß wir diesmal nicht hingekommen sind. Auf dem Schützenfest läßt sich die Glockenmüllerin natürlich nicht sehen." Es war jedermann bekannt, was für ein zurückgezogenes Leben sie führte.

Doch das Pferdchen war weitergetrabt. Der Hochwald wurde lichter. Große Strecken weit wucherte Farnkraut, dessen breite Blätterwedel fahlgelb geworden waren. Und wenn an kleinen Kahlschlägen Brombeeren rankten, leuchteten deren Blätter manchmal schon in einem matten, dunklen Rot.

Diane ließ die Peitsche knallen, die alte Liese setzte zu einem zaghaften Trab an, und bald waren sie am Treffpunkt.

Prinz Kuckuck war mit seiner Gruppe schon dort, und sie begrüßten die Mädchen mit lautem Hallo. Ihre Strecke an Rebhühnern, Bekassinen und Wildenten war schon beachtlich.

„Strecke", so erklärte Prinz Kuckuck Dianes Freundin, „das ist für dich natürlich gleichbedeutend mit Weg oder Schiene. Wir Waidmänner aber meinen damit die Reihe des erlegten Wildes, das zum Schluß Stück für Stück nebeneinandergelegt wird."

„Von mir aus!“ sagte Sabine. „Ich wette, unsere Kutschfahrt war schöner als die ganze Vormittagsjagd.“

„Deshalb hättet ihr uns auch beinahe verhungern lassen?“ fragte Prinz Kuckuck. „Wir sind hier schwer im Einsatz, der Magen hängt uns bis zu den Zehenspitzen, und ihr laßt euch Zeit! Redet euch nur nicht auf die Liese hinaus, sonst muß ich mir mal stark überlegen, ob es nicht etwa drei Liesen gibt — das Pferdchen und euch zwei Bummel-Liesen!“

„He!“ rief Diane. „Das ist stark! Erstens ist Enten- und Hühnerjagd kein ‚schwerer Einsatz‘, Prinz Kuckuck! Sie tun gerade so, als kämpften Sie mit Krokodilen! Zweitens haben wir nicht gebummelt; die Herren Jäger werden vor lauter Hunger ihre Uhren vorgestellt haben, das wird's sein!“

Auch Sabine hatte sich ernsthaft verteidigen wollen. Doch nun bemerkte sie, als die Jäger schallend lachten, daß alles nur Spaß war.

„Na“, meinte sie, „weißt du, Diane, es heißt so schön: ‚Gar lustig ist die Jägerei‘ . . . Mag ja sein. Aber das Drum und Dran, der Wald, die Tiere und alles — das ist für mich die Hauptsache. Schießgewehre kann ich nicht leiden.“

„Hast wohl eine Heidenangst, daß es knallt, während ihr hier draußen seid, was?“ sagte Prinz Kuckuck grinsend.

Die Herren lachten schallend.

„Keine Angst“, beschwichtigte einer. „Wir machen Pause. Es ist ‚Hahn in Ruh‘ geblasen worden.“

Das hieß nun aber nicht, man wollte das Rebhuhn oder den Rebhahn endgültig „in Ruh“ lassen, also verschonen, vielleicht sogar Sabine zuliebe . . . Es bedeutete: „Achtung, Schießen einstellen! Den Abzugshahn an

Flinten und Büchsen in Ruhe lassen! Nicht mehr abdrükken, bevor zur Wiederaufnahme der Jagd geblasen wird!"

Nun, wenn die Herren Jäger auch nicht allzuschwer „gekämpft" hatten — hungrig waren sie doch.

Auch die andere Gruppe kam heran. Jeder nahm den gefüllten Teller und setzte sich auf den nächstbesten Baumstumpf, der meist der „nächstschlechteste" war, aber das focht niemanden an. Abends würde man sowieso bequemer sitzen!

Plötzlich runzelte Prinz Kuckuck die Stirn. „Sag mal, Diane, hast du Herrn Amtsrichter Scharf gesehen?" fragte er leise. Er wollte nicht gleich laut herumfragen, so etwas gibt immer Unruhe, besonders bei einer Jagd.

„Nein!" Diane sah sich um. „Sein Essen hat er jedenfalls nicht abgeholt!"

„Vielleicht mag er die Suppe nicht", überlegte Sabine besorgt.

Prinz Kuckuck lachte. „Da kennst du den Amtsrichter schlecht. Er ist geradezu verliebt in die Küche von Eichenforst — genau wie der Doktor, der erst heute abend kommen kann."

„Wo hat er denn gejagt?" Sabine machte sich Sorgen. „Ob ihn ein Hirsch angegriffen hat? Ich hab mal gelesen . . ."

„Na, ins Wasser wird ein Hirsch dem Herrn Amtsrichter nicht gefolgt sein." Prinz Kuckuck lächelte. „Der Richter saß nämlich im Boot und schoß von dort aus seine Enten. Gehen wir mal zum Schilf."

Es dauerte nicht lange, und sie sahen das Heck eines Ruderbootes durch die hohen, gelben Gräser und Halme schimmern.

Sabine bekam einen Mordsschreck. Sie faßte Dianes Hand.

„Da liegt er!" hauchte sie. „Da, im Schilf! In seinem Boot! Es hat sicher ein Unglück gegeben. Es hat ihn irgendeiner aus Versehen getroffen!"

„Pssst!" machte Prinz Kuckuck listig. „Getroffen ist gut! Wenn ihn wirklich etwas getroffen hat, dann ist's kein Schuß gewesen, sondern eine Mütze voll Schlaf! Ein Verletzter würde nicht so laut schnarchen!"

Wirklich lag der alte Herr in seinem dicken Lodenmantel ausgestreckt im Boot wie ein Kind in einer Wiege. Sein Gesicht drückte wonnevolle Behaglichkeit aus. Es war ein Bild des Friedens, wenn — ja, wenn das Gewehr nicht gewesen wäre!

Die Jagdflinte lag neben dem schlafenden Amtsrichter im Boot, als wäre sie ein Spazierstock oder ein Regenschirm.

„Das ist ja ein starkes Stück!" murmelte Prinz Kuckuck. „Ein Jäger, noch dazu ein Amtsrichter, der sich mitten ins Jagdgebiet legt und schläft wie daheim auf der Couch! Und der nicht einmal acht auf sein Gewehr gibt! Na, so was!"

„Wir müssen ihn wecken", meinte Diane.

„Untersteht euch!" erklärte Sabine, nun beinahe richtig wütend. „Warum soll der alte Herr nicht schlafen? Es ist ohnehin ein warmer Tag geworden, und der Richter war vielleicht sehr müde. Ich fände es sehr häßlich von euch, wenn ihr ihn stören würdet!"

Prinz Kuckuck warf Sabine einen verschmitzten Blick zu. „Hübschen Mädchen kann ich nicht widerstehen", sagte er. „Gut, ich lasse ihn schlafen. Aber das Gewehr muß ich sicherstellen, das wirst du einsehen. Ein Unbefugter könnte es ihm wegnehmen und Unheil damit anrichten. Außerdem könnte es geladen sein."

Die Jagdflinte war tatsächlich geladen!

Und der Herr Amtsrichter Scharf schlief wie ein Murmeltier.

Er schlief so fest, daß er nicht einmal das leise Schaukeln des Kahnes bemerkte, als Prinz Kuckuck behutsam über den Bordrand stieg und nach der Waffe langte.

„Geladen und ungesichtert", stellte Prinz Kuckuck fest. „Kommt, Mädchen. Amtsrichter hin, Amtsrichter her — der famose Herr Jäger verdient einen Denkzettel."

„Was wollen Sie tun, Prinz Kuckuck?" fragte Sabine. „Etwa die Polizei holen?"

Prinz Kuckuck lachte. „I wo. Es gibt natürlich schwere Jagdvergehen, also vorsätzliche oder fahrlässige Handlungsweisen, die gegen die Strafgesetze im allgemeinen und gegen die Jagdgesetze im besonderen verstoßen. Die müssen gemeldet, angezeigt und gerichtlich verhandelt werden — sie enden mit Geldstrafe oder Gefängnis. Dies aber ist eher ein grober Schnitzer, eine Blamage. Keine geringe, bewahre! Ein Jäger, der im Schlaf ein geladenes Gewehr neben sich hat — ich danke!"

„Was haben Sie aber nun vor?" drängte Sabine.

„Ich geb das Gewehr Dianes Vater. Und dann tun wir hübsch arglos und gucken zu, wie Amtsrichter Scharf verdattert in der Gegend herumsucht. Wie wir ihn kennen, wird er sich eher die Zunge abbeißen, als uns den Verlust der Flinte zu melden!"

„Und was haben Sie von Ihrer Schadenfreude?" fragte Sabine mißbilligend.

„Einen lustigen Abend", erklärte Diane. „Wem solche Pannen passieren, der wird nach dem großen Jagdessen immer gefrotzelt, und er kriegt eine Strafe, so ähnlich wie bei einer Kindergesellschaft. Da sind die erwachsenen Männer oft wie die Lausbuben, aber das gehört nun mal zur Jägerei ..."

Trotzdem . . .

Auf dem Rückweg kamen auch Diane Bedenken. Während die beiden Mädchen mit der Kutsche durch die Herbstlandschaft fuhren, sagte sie zu Sabine:

„Der Amtsrichter Scharf wird keinen gemütlichen Nachmittag haben . . . Daß ihm, ausgerechnet ihm als Richter, so etwas passieren mußte . . . Das ist ihm sicher doppelt peinlich, und Prinz Kuckuck hat gewiß recht: Da er nicht weiß, wer ihm die Jagdflinte stibitzt hat, wird er sich nicht trauen, eine Meldung zu machen."

„Und heut abend fällt er aus allen Wolken", rief Sabine. „Du, das find ich nicht sehr nett! Prinz Kuckuck mag tausendmal recht haben, und ich sehe auch ein, daß ein Jäger auf sein Gewehr aufpassen muß — trotzdem, der Richter tut mir leid! Ich mag keine traurigen Gesichter auf Eichenforst!"

Nun mußte Diane derart lachen, daß sie fast vom Kutschbock gefallen wäre.

„Prima, Sabine! Wie du das gesagt hast! Aber laß mal, wir werden den Herren schon die Suppe versalzen, wenn sie zu schadenfroh mit dem Richter umspringen sollten! Da fällt mir bestimmt noch was ein!"

„Prima!" Sabine strahlte.

Als die Freundinnen gegen zwei Uhr zurückkamen, rüstete man im Forsthaus für das große Essen. Der Forstmeister und der Ministerpräsident waren zurück: der Zwölfender, mit frischem Tannengrün im Maul, stand im Hof auf dem Wagen. Die beiden Herren hatten sich zu kurzer Ruhe zurückgezogen. Sie merkten nichts von der Unruhe unten im Haus . . .

„Du liebe Zeit, da kommt Frau Kleff", stöhnte Diane. „Mutti, mußtest du die gräßliche Person wirklich einladen?"

„Mein liebes Kind, du kennst doch solche Tage. Und du bist mit deinen fast dreizehn Jahren alt genug, um zu wissen: Es muß alles klappen, und das schaffen wir allein nun mal nicht."

„Aber Frau Herrmann hilft doch. Und Frau Buchmann ist auch noch da."

Es brummte jemand im Hintergrund: Kuller-Bertel! Die resolute Bertel fürchtete sich nämlich vor Frau Kleff.

„Mir ist der ganze Tag verdorben", stöhnte sie. „Die hat mir noch jedes Fest zur Hölle gemacht." Laut sagte sie es nicht, sie hatte mit Frau Bruck schon genügend über diesen Punkt gestritten.

„Was ist das eigentlich für eine Frau, die Frau Kleff?" fragte Sabine. Diane zog Sabine mit sich zur Hintertür, sobald Frau Kleff das Haus betreten hatte.

„Hast du sie dir angeschaut? Sie sieht aus wie ein richtiger alter Besen, dürr und borstig. Die kommandiert fürchterlich herum. Sie weiß alles besser, fährt sogar Bertel über den Mund – nur vor meiner Mutter hält sie sich noch ein bißchen im Zaum. Wir gehen ihr am besten aus dem Wege. Im übrigen ist sie die Schwester vom Tannenwirt. Der wird froh sein, daß er sie einen Tag lang mal auf gute Weise losgeworden ist."

Das war ja eine reizende Beschreibung von Frau Kleff!

„Und warum holt deine Mutter sie her?"

„Weil sie am besten eine Tafel decken kann. Beim Tannenwirt richtet sie die Hochzeitstafeln her. Ihr entgeht kein einziger Fehler. Deshalb findet Mutti, daß sie bei einem Festessen unentbehrlich ist."

„Aber so eine große Sache kann das Tischdecken doch nicht sein?"

„Hast du eine Ahnung! Du mußt dir mal was von Jagdbrauchtum erzählen lassen! Das wird so feierlich genommen wie die Sitten an einem Fürstenhof! Wir holen sogar das kostbare Jagdservice hervor, das alte Tafelgeschirr, das nur bei Jagdessen aufgedeckt werden darf."

Gerade kullerte Bertel um die Ecke.

„Hier steckt ihr? Habt ihr nichts Besseres zu tun? Los, los, die Mutter holt gerade das Porzellan aus dem Schrank!"

„Komm, Sabine!" Unterwegs gab Diane der Freundin noch weitere Auskunft über das Jagdservice: „Irgend so ein Fürst hat es meinem Urgroßvater geschenkt. Der alte Herr — na, damals war er natürlich noch nicht alt! — hatte dem Fürsten einmal das Leben gerettet, und dafür bekam er zur Hochzeit das Geschirr. Für achtzehn Personen, stell dir das vor! Auf jedem Stück sind Jagdszenen dargestellt. Sieht toll aus, wenn der ganze Tisch damit gedeckt ist! Natürlich ist es sehr, sehr wertvoll. Nicht auszudenken, wenn etwas davon kaputtginge!"

Neben dem „Prunkraum" der Försterei — mit den vielen Geweihen und den alten Stichen an den Wänden — lag das Porzellanzimmer.

Neugierig sah Sabine zu, wie Frau Bruck vorsichtig Teller und Schüsseln aus einem gewaltigen Schrank hob und sie Bertel zureichte, die Stück für Stück sorgsam auf den großen Eichentisch mit den gedrechselten Füßen stellte.

„Bringt das Geschirr in die Kellerküche", wies Bertel die Mädchen an. „Aber nehmt niemals zuviel! Lieber öfter gehen! Vorsicht, wenn ihr über die Diele marschiert. Die Tür zur Kellerküche laßt offen! Und achtet auf die vier Stufen!"

Die Kellerküche lag hinter jener Küche, die täglich benutzt wurde. Eine kleine Treppe führte in den großen

Raum hinunter, dessen Treppe leicht gewölbt war. Darin stand ein gewaltiger Herd mit einem Rauchfang darüber. Zum Kochen und Braten wurde er nicht mehr benutzt. Kuller-Bertel war längst oben an ihrem elektrischen Herd.

Aber hier unten wurden die Teller und Schüsseln angewärmt, hier standen auch schon die Salate bereit, Weinflaschen lagen in einem kühlen Becken, und Frau Herrmann fing gleich an, das Jagdgeschirr abzuspülen, um es tafelfertig zu machen.

„Hier war ich noch nie", sagte Sabine verblüfft und stellte zwei Gemüseschüsseln auf den riesigen Arbeitstisch.

„Wir benutzen die Kellerküche nur ganz selten", erklärte Diane. „Sonst ist sie abgeschlossen."

Es war die reinste Prozession — Sabine nannte es „die Porzellan-Polonäse" —, wie sie hintereinander das kostbare Service herbeischleppten: die Platten, Saucieren, Teller und Suppentassen, die Dessertteller, Terrinen und Schüsseln.

An dieser Polonäse nahmen alle teil: Diane und Sabine, ihre Freundinnen Christel und Marion als freiwillige Helferinnen, das kleine Serviermädchen Fanny — das Bertels Patenkind war —, auch Frau Kleff und sogar Frau Buchmann. Sie war dazu ausersehen, die Prachtstücke vom Service hinunterzutragen, damit kein Schaden daran entstand.

Es war aber auch ein wundervolles Geschirr, mit vielen verschiedenen, ganz in Grün gehaltenen Jagdszenen bemalt: eine Waldeiche, hinter der ein Jäger mit angelegtem Gewehr auf sein Wild — zwei kämpfende Hirsche — lauerte, ein Wildschwein, das mit gesenktem Kopf den Jäger bedrohte; edle Jagdhunde, die dem fliehenden

Hirsch folgten; Jäger, die neben dem erlegten Bock knieten ... Ach, es war eine Fülle von schönsten Bildern! An jedem Stück, das Sabine davontrug, bewunderte sie verstohlen etwas Neues.

So zogen sie alle mit Geschirr beladen vom Porzellanzimmer über die Diele, von der Diele durch die Küche und von da aus über die vier Stufen in die Kellerküche, wo sie ihre Last abstellten. Dann ging es den umgekehrten Weg zurück ins Porzellanzimmer.

Eben hatte Frau Buchmann den großen Tafelaufsatz entgegengenommen und war in Richtung Kellerküche damit entschwunden. Sabine nahm aus Kuller-Bertels Hand zwei Aufschnittplatten entgegen und machte sich gleichfalls auf den Weg.

Diane mußte noch eine kleine Ermahnung ihrer Mutter anhören, wodurch sie etwas aufgehalten wurde.

Sabine hatte gerade die Diele durchquert und näherte sich der Küche. Da: Es schepperte, krachte und klirrte ...!

Sabine stand wie angewurzelt ... Du liebe Zeit, was mochte da wohl in Scherben gegangen sein!?

Verstört setzte sie ihre beiden Platten auf die große Truhe an der Wand und eilte in die Küche.

Hier sah es aus wie an einem Polterabend. Ein ganzer Haufen des kostbaren Jagdgeschirrs lag zerbrochen auf den Fliesen! Daneben kniete das kleine Serviermädchen und versuchte mit zitternden Händen, die einzelnen Stücke zusammenzusetzen.

„Steh auf und laß die Hände davon! Da ist doch nichts mehr zu retten!“ herrschte Frau Kleff sie an. Und zu Diane, die eben mit schreckgeweiteten Augen hereingekommen war, wurde sie noch unverschämter: „Gaff hier nicht lange rum und halt keine Maulaffen feil! Hol lieber deine Mutter her!“

Aber das war nicht mehr nötig, denn schon tauchte Frau Bruck in der Tür auf, herbeigelockt durch das Krachen und Klirren, das bis ins Porzellanzimmer gedrungen war.

„Ausgerechnet das Jagdgeschirr!" stammelte sie entsetzt.

Mit wenigen Handgriffen hatte sie die Scherben so weit sortiert, daß sich erkennen ließ, was alles kaputtgegangen war.

„Fünf große Teller!" stellte sie fest und erhob sich. Man sah, daß sie die Tränen nur mit Mühe zurückhalten konnte.

Aber gleich darauf hatte sie sich wieder gefaßt.

„Wie ist denn das bloß gekommen?" wandte sie sich fragend an Frau Kleff.

„Da müssen Sie die Fanny fragen!" schnaubte Frau Kleff und deutete auf das Serviermädchen.

Fanny stand einen Augenblick wie erstarrt. Zuerst schien es, als wenn sie etwas sagen wollte ... Dann stürzte sie laut aufschluchzend aus der Küche.

„Da haben Sie's, Frau Bruck ... Das schlechte Gewissen!" triumphierte Frau Kleff. „Mußte sich die dumme Trine auch so bepacken? Das konnte ja nicht gutgehen!"

„Welche dumme Trine?" fragte Kuller-Bertel, die unbemerkt hereingekommen war, entrüstet. „Schließlich ist Fanny mein Patenkind!"

„Drum auch!" sagte Frau Kleff. Sie sagte es laut, deutlich und frech.

Frau Bruck wurde nervös. Dieses Gezänk hatte ihr gerade noch gefehlt!

„Sorgen Sie bitte dafür, daß die Scherben hier wegkommen", wies sie Frau Kleff an. „Fanny soll aber vorsichtig damit umgehen, damit sie sich nicht etwa daran verletzt! — Wo ist sie denn überhaupt?"

„Die ist weg. Ich hab ihr selbst dazu geraten", verkündete Bertel mit einem giftigen Blick auf Frau Kleff. „Schließlich hat sie es ja nicht nötig, sich etwas in die Schuhe schieben zu lassen, womit sie nichts zu tun hat!"

„Aber Frau Kleff hat doch gesehen ..." Weiter kam Frau Bruck nicht.

„Frau Kleff! Was die schon gesehen haben will!!" fauchte Bertel verächtlich, drehte sich um und verließ die Küche.

So hatte Frau Bruck ihre gute Kuller-Bertel noch nie erlebt.

„Kommt, Kinder", befahl sie den beiden Mädchen und ließ die sprachlose Frau Kleff samt dem Scherbenhaufen hinter sich zurück ...

Aber nun war guter Rat teuer.

„Was machen wir jetzt bloß?" überlegte Frau Bruck und sah fragend auf Bertel, die verbissen im Porzellanzimmer hantierte. „Das gewöhnliche Geschirr zwischen das Jagdporzellan zu stellen geht auf keinen Fall. Es würde die ganze Tafel zerstören ... Ach, Bertel, denken Sie doch auch mal ein bißchen nach, wie man hier eine Lösung finden kann!"

Diesen drängenden Worten konnte Kuller-Bertel nicht widerstehen. Sie stellte die Obstschale beiseite, trocknete sich mit ihrem Schürzenzipfel die Tränen ab und wandte sich langsam um.

„Tja, was machen wir bloß", wiederholte sie die Frage von Frau Bruck und ließ sich ratlos auf einen Stuhl fallen ...

Unterdessen hatten sich die Mädchen unbemerkt davongeschlichen. Diane war nämlich ein Gedanke durch den Kopf geschossen, den sie Sabine heimlich zugezischt hatte: die alte Glockenmüllerin! Vielleicht konnte die helfen!

Drunten in der ehemaligen Glockenmühle sollte es „spuken". Längst aber wußten die Mädchen, was es mit diesem angeblichen Spuk auf sich hatte. Es war das Ticken und Schlagen unzähliger Uhren, die alltäglich von ihren Besitzern in Gang gehalten wurden. Sie wußten es von einem heimlichen nächtlichen Besuch, den sie der Glockenmühle abgestattet hatten. Ein Abenteuer, das gewiß schlecht ausgegangen wäre, wenn die alte Glockenmüllerin kein Verständnis dafür gehabt hätte. So aber hatte sie die ganze Familie des Forstmeisters zu sich eingeladen, damit sie sich die Uhrensammlung bei Tageslicht betrachten konnte ...

„Ich weiß genau, daß sie auch Jagdporzellan in ihrer Vitrine hat!" sagte Diane, als sie am Ende der Diele angelangt waren. „Tom hat es noch so bewundert!"

„Meinst du, wir sollten sie bitten, es uns zu leihen?" fagte Sabine.

„Ja natürlich, was denn sonst? Einer muß uns hinbringen! Ich weiß! Wir bitten den Fahrer des Ministerpräsidenten. Mit dem sollen wir ja sowieso heute abend in die Stadt zurück, da kann er uns gleich kennenlernen!"

Zum Glück fanden sie ihn im Haus des Haumeisters. Sie brauchten ihm nicht viel zu erklären. Ihre verstörten Mienen und Sabines Bemerkung: „Es hat Scherben gegeben!", erregten sein Mitgefühl.

„Steigt ein", sagte er. „Nur müßt ihr mir den Weg weisen!"

Während der Fahrt erklärte Diane der Freundin: „Auf dem Geschirr sind zwar afrikanische Jagdbilder, aber auch in Grün. Und passen wird es auf alle Fälle."

In zügiger Fahrt ging es hinunter zur Glockenmühle ...

Die gute Glockenmüllerin! Keine langen Fragen, keine Ermahnungen wegen des kostbaren Geschirrs — nur ein Nicken: „Natürlich könnt ihr die Teller haben."

„Sie können sich darauf verlassen, daß wir vorsichtig damit umgehen!" versicherte ihr Diane.

„Das weiß ich, mein Kind", erwiderte die alte Dame. „Aber abgesehen davon: Ich bin nicht dafür, daß man Porzellan wie Museumsstücke hinter Glas aufbewahrt. Geschirr ist dazu da, daß man davon ißt."

So war sie, die Glockenmüllerin, eine großzügige Frau, die keine kleinlichen Bedenken vorschob, wenn es zu helfen galt ...

„Wie haben wir nur jemals über sie lachen und spotten können?" sagte Diane nachdenklich.

„Es ist wahr. Seit ich sie näher kennengelernt habe, kann ich das auch nicht verstehen", entgegnete Sabine.

„Mutti, wir sind gerettet!" Mit diesen Worten stürmte Diane ins Haus hinein. Sabine trug vorsichtig den Korb hinterher, in den die Glockenmüllerin das Geschirr sorgsam zwischen weichen Tüchern verstaut hatte.

„Seid ihr denn närrisch, Kinder?" fragte Frau Bruck, als sie alles erfuhr. „Wie könnt ihr einem Menschen zumuten, euch einen solchen Wert zu leihen?! Wahrscheinlich hatte die Glockenmüllerin nur nicht das Herz, euch die Bitte abzuschlagen!"

„Porzellan soll man nicht in ein Museum sperren", zitierte Diane. „Es ist dazu da, daß man davon ißt!"

Und Sabine nickte eifrig:

„Ja, genau das hat die Glockenmüllerin zu uns gesagt!"

Lachend gab sich Frau Bruck geschlagen.

„Also dann danke ich euch schön, ihr Mädchen! Und bringt dem Fahrer ein Huhn aus der Gefriertruhe! Das kann er seiner Frau mitnehmen."

Behutsam nahm sie den Stoß Teller auf, um ihn selber ins Porzellanzimmer zu tragen ...

Die beiden Zurückbleibenden tuschelten einen kurzen Augenblick miteinander, dann folgten sie ihr.

Kuller-Bertel hatte noch immer verdächtig rote Augen. Sie hockte vor dem Gläserschrank, dem sie ein Weinglas nach dem anderen entnahm, um es Frau Bruck zuzureichen.

Diane ging gleich auf ihr Ziel los:

„Wie ist es, Mutti — läßt du Fanny jetzt zurückkommen?" fragte sie.

„Ach bitte, ja! Das müssen Sie unbedingt tun!" drängte Sabine. Ihr entschlossener Ton ließ Frau Bruck einen Augenblick aufhorchen. Aber sie hatte keine Zeit, darüber nachzudenken.

So nickte sie nur:

„Radelt ins Dorf und holt sie zurück!"

In diesem Moment erschien Frau Kleff auf der Bildfläche. Sie hatte eine Frage an Frau Bruck richten wollen, dadurch hatte sie das Gespräch mitbekommen.

„Wenn die wiederkommt, gehe ich", erklärte sie feindselig. „Ich will das dumme Ding hier nicht mehr haben. Wer weiß, was sie sonst noch alles kaputtmacht!"

Diane zögerte und sah die Mutter an. Sollten sie nun fahren oder nicht?

„Warum seid ihr noch nicht weg?" fragte Frau Bruck mit gespieltem Erstaunen.

Das war ihre Antwort auf Frau Kleffs Unverschämtheit.

In der Diele trafen die Mädchen auf Christel und Marion, die aus dem Porzellanzimmer kamen und sich „verkrümeln" wollten, wie Marion sich ausdrückte.

„Es gibt ja auch weiter nichts zu helfen", sagte Christel.

„Außerdem hat die Kleff eine Laune ... Nicht zum Aushalten, kann ich euch sagen! Wenn ich die bloß sehe!" stöhnte Marion.

„Dann können wir ja alle zusammen ins Dorf hinunterfahren!" rief Diane.

„Diesmal allerdings nur mit den Rädern, denn leider steht uns der Wagen des Herrn Ministerpräsidenten nicht mehr zur Verfügung!" ergänzte Sabine lachend.

„Wo wollt ihr denn eigentlich hin?" erkundigte sich Marion.

„Fanny zurückholen. Die Arme soll sich nicht länger die Augen aus dem Kopf heulen!"

Und nun erfuhren die beiden anderen Mädchen, was sich zwischen Frau Kleff und Fanny abgespielt hatte.

„Das kann doch jedem mal passieren, daß er was hinfallen läßt!" entrüstete sich Christel.

„Ja eben!" sagte Marion und schüttelte empört den Kopf.

„Nun ja, das schon. In diesem Fall war es nur wegen des Jagdgeschirrs so besonders ärgerlich. Aber das ist längst kein Grund, Fanny so gemein zu behandeln!" meinte Diane.

„Diese Frau Kleff ist ein richtiges Ungeheuer!" stellte Christel mit Nachdruck fest.

„Sie ist ein noch viel größeres Ungeheuer, als du denkst!" rief Sabine düster. „Darüber wollte ich gerade mit euch sprechen!" Sie allein wußte nämlich, daß sich die Sache nicht so abgespielt haben konnte, wie Frau Kleff sie geschildert hatte ...

Nach dieser Ankündigung war natürlich nicht mehr die Rede davon, daß Christel und Marion nach Hause mußten.

Kurz darauf saßen die vier Mädchen wie eine Verschwörerbande im Wohnzimmer zusammen. Während sie gemeinsam auf Dianes Luftmatratze hockten, schilderte ihnen Sabine den Vorgang so, wie er sich ihr eingeprägt hatte.

„Paßt mal auf", sagte sie. „Frau Buchmann war gerade ganz unten, also in der Kellerküche. Sie hatte den großen Tafelaufsatz zu Frau Herrmann hinuntergebracht. Demnach kann sie es nicht gewesen sein, die die Teller hingeschmissen hat."

„Natürlich nicht", sagte Christel.

„Wir beide waren nämlich auch mit unten. Wir haben alle das gute Stück bewundert", bestätigte Marion.

„Frau Bruck und Kuller-Bertel waren im Porzellanzimmer", fuhr Sabine fort. „Diane und ich standen neben ihnen und warteten darauf, daß sie uns etwas zum Runtertragen geben wollten. Nicht wahr, Diane?"

„Ja, das stimmt!"

„Also kann keiner von uns vieren die Teller hingeworfen haben. Denn als ich mit den beiden Platten, die Bertel mir in die Hände gedrückt hatte, durch die Diele ging . . ."

„. . . krachte es schon in der Küche!" ergänzte Diane. „Ich hörte es auch, denn ich war dir auf den Fersen."

„Stimmt! Aber nun kommt das Wichtigste, und das hast du nicht gesehen! Fanny kam nämlich gerade aus der Küche, und zwar mit leeren Händen. Als sie es drinnen scheppern hörte, machte sie wieder kehrt und rannte zurück. Folglich hat auch sie die Teller nicht fallen lassen!"

„Hast du das wirklich ganz genau gesehen? Ich meine: daß Fanny wieder zurückgelaufen ist?" Diane war vor Erregung aufgesprungen.

„Ja sicher! Ganz genau! Ich stellte meine beiden Platten auf der Truhe ab und rannte hinterher."

„Dann käme ja nur Frau Kleff selber in Frage . . ."

„Frau Kleff — und keine andere!" sagte Sabine fest.

„Na, so eine Gemeinheit!" rief Diane außer sich. Aber gleich darauf wurde sie wieder unsicher. „Dann verstehe ich bloß nicht, warum Fanny sich nicht verteidigt hat, sondern davongelaufen ist. Versteht ihr das?"

Christel und Marion schüttelten den Kopf.

Doch Sabine hatte eine einleuchtende Erklärung für Fannys Verhalten:

„Na, die war eben so verdutzt über die freche Lüge von Frau Kleff, daß sie keine Worte dafür fand. Mir wäre das genauso gegangen!"

„Na, mir nicht! Ich hätte mich zu wehren gewußt, das kann ich dir sagen!" rief Diane mit blitzenden Augen.

Darüber mußten sie alle lachen. Immerhin war es Sabine gelungen, die Freundinnen von Fannys Unschuld zu überzeugen.

Nun war die Frage, wie Frau Kleff zu entlarven war,

„Öffentlich blamieren müssen wir sie!" rief Diane kampfbereit. Derselben Meinung waren auch Christel und Marion.

Aber Sabine wollte nichts davon wissen.

„Laßt mich allein mit ihr sprechen", bat sie. „Ich glaube bestimmt, daß sie es dann auch Frau Bruck gegenüber zugeben wird."

„Na, du hast aber Mut!" sagte Marion hingerissen.

„Ich muß es einfach. Fanny würde nämlich, wie ich bestimmt glaube, nur mit uns mitkommen, wenn sich ihre Unschuld bereits herausgestellt hat."

Das leuchtete den drei Mädchen ein.

„Und wann willst du mit ihr sprechen?" fragte Diane gespannt.

„Am besten gleich", sagte Sabine. „Vorhin hab ich nur geschwiegen, um nicht alles durcheinanderzubringen bei der vielen Arbeit."

Frau Kleff wirtschaftete in der oberen Küche herum, und eben stiegen Frau Bruck und Kuller-Bertel in die Kellerküche hinunter.

Herzklopfend sahen die drei Mädchen Sabine in der Höhle des Löwen verschwinden.

Sie warteten nicht einmal eine volle Minute, als Sabine wieder herauskam, mit wütend blitzenden Augen, auf der linken Wange den feuerroten Abdruck von Frau Kleffs Hand!

„Geschlagen hat sie mich, diese — diese ...!" Mehr vermochte Sabine nicht zu sagen.

Das war zuviel für Diane! Mit einem empörten Aufschrei stürzte sie in die Küche hinein ...

Von dem Lärm in der oberen Küche angelockt, erschienen Frau Bruck und Kuller-Bertel, gefolgt von Frau Buchmann.

„Warum haben Sie meine Freundin geschlagen? Jetzt werden wir Fanny aus dem Dorf holen und Ihnen gegenüberstellen!" rief Diane außer sich.

„Nicht nötig", sagte Kuller-Bertel gelassen, „die hole ich gleich her. Sie war nämlich die ganze Zeit in meinem Zimmer."

Bald nützten Frau Kleff keine Ausflüchte mehr, denn Fannys Angaben deckten sich genau mit denen von Sabine.

„Das habe ich alles schon gewußt, Frau Bruck", sagte Kuller-Bertel würdevoll. „Fanny hat mir's vorhin wahrheitsgetreu erzählt, und daß die nicht lügt, weiß ich. Ich wollte Ihnen nur heute die Aufregung ersparen. Aber nun ist es doch anders gekommen."

Was blieb Frau Kleff anderes übrig, als zu gehen? Denn daß sie sich — wie Diane es verlangte — bei Fanny entschuldigte, ging ihr doch über die Hutschnur!

„Da geht sie hin und singt nicht mehr", sagte Frau Buchmann trocken, als sie davonstakte wie eine ganze geschlagene Armee.

„Ein Glück!" frohlockte Diane.

Kuller-Bertel aber sagte in strahlender Siegerlaune: „Lassen Sie man, Frau Bruck, es geht auch ohne die! Sie sollen mal sehen, was das für eine Festtafel wird!"

Ein Dichter bei schwerer Kopfarbeit

Der Student Steiger saß in seiner Giebelkammer und las in einem Buch. Er füllte meistens seine Zeit mit Lesen aus, wenn er auf etwas warten mußte. An der Jagd hatte er nicht teilgenommen, doch er hatte seinen besten Anzug an, denn auch er war natürlich zum Jagdessen eingeladen.

Kuller-Bertel wollte ihm Bescheid sagen, wenn es soweit war. Schon jetzt lief ihm das Wasser im Mund zusammen, wenn er an ihre knusprigen Bratengerichte dachte ...

Ah, da klopfte sie ja schon! Hastig legte er das Buch aus der Hand und sprang auf. Zu seiner Überraschung trat der Forstmeister über die Schwelle.

„Herr Steiger, heute muß ich mal Ihre Dichtkunst in Anspruch nehmen", sagte er, mit der Tür ins Haus fallend. „Haben Sie einen Augenblick Zeit für mich?"

„Aber bitte gern!" sagte Herr Steiger höflich und wies auf den Sessel, von dem er soeben aufgestanden war. Er selber nahm auf einem Stuhl neben jenem Unglückstisch Platz, den der Haumeister inzwischen repariert hatte.

„Es geht, kurz gesagt, um folgendes", erklärte der Forstmeister, die Hände auf die Knie gelegt. „Prinz Kuckuck hat heute einen meiner Jagdgäste schlafend im Revier vorgefunden. In einem Boot im Schilf — und das während der Entenjagd! Verstehen Sie?"

„Ich verstehe", sagte Herr Steiger.

„Schlafen während der Jagd gilt aber nach den Jagdregeln als ein Vergehen, das vor dem Jagdgericht reumütig bekannt und bestraft werden muß", fuhr der Forstmeister fort. „Ein solches Jagdgericht findet noch heute bei mir statt und setzt sich aus allen Jagdteilnehmern zusammen. Das Ganze ist in diesem Fall natürlich nur ein Scherz, eine Art von Jägerulk, wenn auch mit einem ernsthaften Hintergrund."

„Aha", sagte Herr Steiger.

„Aber das ist noch nicht alles. Prinz Kuckuck hat den Sünder nämlich nicht geweckt. Dafür hat er etwas anderes getan: Er hat ihm das Gewehr weggenommen. — Sich das Gewehr wegnehmen zu lassen oder es auf eine andere Weise einzubüßen, gilt wiederum als ein strafwürdiges Verbrechen, und zwar als ein ganz gewaltiges. Verstehen Sie?"

„Ich verstehe", sagte Herr Steiger nun zum zweitenmal.

„Ich wiederhole also: Jeder Jagdteilnehmer, der etwas falsch gemacht hat, muß seinen Fehler selber bekennen, bevor das Gericht die Strafe bestimmt. Nun haben Prinz Kuckuck und ich den Eindruck, daß der betreffende Herr die ganze Sache verheimlichen will. Er weiß ja nicht, daß ihn jemand beim Schlafen beobachtet hat."

„Aber das fehlende Gewehr?" gab Herr Steiger zu bedenken.

„Da scheint er zu hoffen, ein Treiber habe es an sich genommen, der ihn zwar nicht wecken wollte, aber einen Unglücksfall verhüten wollte. Sonst hätte er, als er das Gewehr vermißte, doch sofort Alarm geschlagen. — Leuchtet Ihnen das ein?"

„Nicht ganz", mußte Herr Steiger zugeben. „Wenn so ein Treiber das Gewehr hier abgibt, kommt die Sache ja doch heraus."

„I wo." Der Forstmeister lachte. „Der kennt den Herrn wahrscheinlich und gibt ihm das Ding heimlich wieder!"

„Ach so!" sagte Herr Steiger.

„Ja, und nun zur Sache", fuhr der Forstmeister fort. „Für den genannten Fall hätte ich gern ein paar Verse von Ihnen — Verse, die man nach einer bekannten Melodie absingen kann und die alles das enthalten, was ich Ihnen geschildert habe. — Trauen Sie sich das zu?"

„Wann müßte ich denn damit fertig sein?" fragte Herr Steiger vorsichtig.

„Na, möglichst bald. Am besten wäre es, Sie brächten die Verse mit, wenn Sie zum Essen herunterkommen."

Herr Steiger sah auf seine Uhr.

„Finden Sie nicht, daß die Zeit ein bißchen knapp ist?" fragte er.

„Wie lange braucht man denn für so was?" erkundigte sich der Forstmeister etwas unsicher. „Sie müssen verstehen, ich habe vom Dichten keine Ahnung."

„Es hat schon Dichter gegeben, die Monate, ja Jahre dazu gebraucht haben, ein Gedicht so zu formen, daß sie damit zufrieden waren", klärte ihn Herr Steiger auf. „Aber hier handelt es sich ja nur um eine Reimerei. Auf jeden Fall will ich versuchen, es bis dahin zu schaffen."

„Das wäre wirklich nett von Ihnen", sagte der Forstmeister befriedigt. „Und wie gesagt: Das Ganze ist nur ein Scherz. Bitte vergessen Sie das nicht."

„Ich habe verstanden: Ein kleines Spottlied, nach einer bekannten Melodie . . ."

„Ja, nehmen Sie am besten ‚Fuchs, du hast die Gans gestohlen . . .', das kennt jeder. Natürlich so kurz wie möglich, nicht etwa zehn oder zwölf Strophen!"

„Und was versprechen Sie sich davon, wenn ich fragen darf?" erkundigte sich Herr Steiger.

„Nun, wir hoffen, daß unser Mann dadurch veranlaßt wird, Farbe zu bekennen", erwiderte der Forstmeister.

„Und wenn es doch nichts hilft?"

„Dann müßte Prinz Kuckuck auspacken. Er hat ja das Gewehr, das als Beweis genügt. Aber das wäre eine ziemliche Blamage für den Betreffenden." Der Forstmeister erhob sich.

„Noch eine Frage, bitte", sagte Herr Steiger. „Von wem soll denn das Lied gesungen werden?"

„Von sämtlichen Jagdteilnehmern selbstverständlich."

„Und um wie viele Herren handelt es sich dabei, ich meine: wie viele Durchschläge brauchen Sie zum Einsehen des Textes?"

„Ach so ... Ja, warten Sie mal ...", überlegte der Forstmeister. „Na, sagen wir: im ganzen acht. Das läßt sich doch mit Hilfe Ihrer Schreibmaschine machen, was?"

Damit verließ er das Zimmer ...

Herr Steiger aber setzte sich an seinen Tisch, öffnete die Schreibmaschine und starrte vor sich hin. Dann spannte er den ersten Bogen ein. Nach seiner Berechnung blieben ihm zwanzig Minuten Zeit für sein Unternehmen ...

Es mochten keine fünf Minuten vergangen sein — Herr Steiger hatte gerade sein Tippen unterbrochen, um weiter nachzudenken —, als es schon wieder klopfte, diesmal allerdings zaghaft. Außerdem glaubte der Student, hinter der Tür ein unterdrücktes Kichern zu vernehmen. Das konnte unmöglich Kuller-Bertel sein ... Ahnungsvoll öffnete Herr Steiger die Tür. Genau das hatte er erwartet: Vor ihm standen, errötend und kichernd, die beiden Mädchen.

„Was ist denn los, was wollt ihr denn?" fragte Herr Steiger nicht gerade übertrieben freundlich.

Augenblicklich verstummte das Kichern.

„Wir wollten mal fragen ...", druckste Diane.

„Ja, wir wollten gern mal wissen ...", stotterte Sabine.

Dann faßte sich Diane ein Herz:

„Ach bitte, könnten Sie uns nicht mal einen Augenblick reinlassen?"

„Da habt ihr euch ja den passendsten Augenblick ausgesucht", stöhnte der Student und ließ die Mädchen eintreten. „Aber so dringend wird es ja wohl nicht sein, daß ihr nicht warten könnt, bis ich fertig bin." Und er deutete auf seine Schreibmaschine. Dabei kam ihm ein Gedanke. „Hat dich dein Vater etwa ausgeschickt, damit du etwas von mir abholen sollst?" fragte er Diane.

„Nein, nein", versicherte sie ihm hastig. „Der weiß ja gar nicht, daß wir hier sind!"

„Na, dann ist es ja gut", knurrte Herr Steiger. „Nun setzt euch mal beide da in den Sessel und versucht, eine Weile den Mund zu halten. Mehr verlange ich nicht von euch."

Während sich die Mädchen nebeneinander in den Sessel quetschten, nahm der Student von neuem seinen Platz vor der Schreibmaschine ein. Gleich darauf begannen die Tasten unter seinen Händen zu klappern.

Als er die erste Pause machte, hatte Diane ihre Keckheit wiedergefunden.

„Wir möchten nur wissen, was mein Vater von Ihnen gewollt hat", sagte sie erklärend. „Ich mußte nämlich einen angeschlagenen Pflanzenkübel auf den Boden bringen. Dabei hab ich Vati hier reingehen sehn und gehört, daß er was von Ihren Dichtkünsten gesagt hat."

„Und daß er die benutzen will", fügte Sabine hinzu.

„Mit diesen Dichtkünsten beschäftige ich mich gerade", sagte Herr Steiger wütend, „und wenn ihr mich dauernd dabei unterbrechen wollt, bringe ich noch mehr Mist zustande! — Haltet jetzt also den Mund, sonst fliegt ihr raus!"

Ratsch!! Herr Steiger riß den eingespannten Bogen aus der Maschine und warf ihn in den Papierkorb.

Die Mädchen sahen sich bedeutungsvoll an: Da hatte ihm etwas nicht gefallen! Dennoch wären sie am liebsten aufgesprungen, um sich das zerknüllte Papier herauszufischen, um es auseinanderzufalten und zu glätten ...

Allmählich schien sich Herrn Steigers Laune zu bessern. Ab und zu summte er eine Melodie vor sich hin ...

Verstohlen sahen sich die Mädchen an und kicherten in sich hinein.

Es war aber auch zu komisch, einen ausgewachsenen Mann ausgerechnet ein Kinderlied, und noch dazu „Fuchs, du hast die Gans gestohlen", summen zu hören.

Doch plötzlich kam Sabine die Erleuchtung: Nach dieser Melodie machte Herr Steiger einen Text!

Gerade in diesem Augenblick hörte er mit dem Tippen auf, zog das Blatt aus der Maschine und las es aufmerksam durch.

„So", sagte er dann, „schön ist es nicht gerade, aber es ist wenigstens fertig! In der kurzen Zeit kann kein Mensch mehr von einem verlangen. — Jetzt noch das Ganze mit acht Durchschlägen!"

Als er alles geschafft hatte, war er ganz und gar wieder der alte, also höflich und freundschaftlich wie eh und je.

„So, nun bin ich soweit", sagte er.

In kurzen Worten erzählte er den Mädchen die Vorgeschichte und erklärte ihnen, welche Wirkung sich der Forstmeister von den Versen erhoffte.

„Den Schläfer haben wir selber entdeckt!" rief Diane eifrig.

„Ja, und das mit dem Gewehr wissen wir auch", fügte Sabine ebenso eifrig hinzu. „Wir waren ja dabei, als Prinz Kuckuck es ihm weggenommen hat!"

„Das mit den Versen finde ich einfach toll!" jubelte Diane. „Können wir sie mal lesen?"

„Ich lese sie euch vor", sagte Herr Steiger.

„Ging ein Mann zum Entenjagen,
schloß die Augen zu —
schlief sodann mit Wohlbehagen
ein in süßer Ruh.
Als er endlich ausgedämmert,
packte ihn der Schreck —
denn er merkte, ganz belämmert,
sein Gewehr war weg!
Jäger, sag, wo blieb die Flinte?
Sprich, noch ist es Zeit,
Schwärzer noch wird deine Tinte,
wenn der Kuckuck schreit!"

Als Herr Steiger geendet hatte, blickte er fragend auf.

„Einfach Klasse!“ rief Diane begeistert.

Aber damit gab sich Herr Steiger noch nicht zufrieden. Seine Augen glitten zu Sabine hinüber.

„Na und du? Wie findest du es?“ fragte er.

Sabine zögerte.

„Die Verse schon“, sagte sie dann. „Nur . . .“

Weiter kam sie nicht, denn im gleichen Augenblick klopfte es kräftig an die Tür. Diesmal war es wirklich Kuller-Bertel, deren Stimme verkündete:

„Herr Steiger, es ist soweit. In fünf Minuten wird das Essen angerichtet!“

„Vielen Dank, Bertel!“ rief der junge Mann zurück, während die Mädchen, die hinter den Schrank geflüchtet waren, sich mucksmäuschenstill verhielten.

Als sie sich wieder sicher fühlten, kamen sie hervor, und nun kicherten sie alle miteinander.

Dann übernahm Diane mit gewohnter Pfiffigkeit die Regie:

„Bitte, Herr Steiger, lassen Sie uns vorausgehen, damit es nicht so auffällt. Außerdem dürfen wir diesmal nicht wieder die letzten sein!“

Dem war das recht. Er wollte sich sowieso noch einmal die Hände waschen, die durch das Hantieren mit dem Kohlepapier nicht mehr einwandfrei zu nennen waren.

Niemand bemerkte die Mädchen, als sie die Treppe hinunterschlichen. Unten in der Diele setzte Ulrich gerade den Gong in Bewegung —, bedeutend gemäßigter als am vergangenen Tag wo er für seinen Lärm nachträglich einen Rüffel von seinem Vater bekommen hatte.

Deng! — Deng! — Deng! hallte es durch das Haus.

Als er die Mädchen neben sich auftauchen sah, ließ er überrascht den Klöppel sinken.

„Sagt mal, wo wart ihr denn die ganze Zeit? Ich habe euch überall gesucht!"

„Wir? — Wir waren unterm Dach!" antwortete Diane schlagfertig.

Und schon lief sie mit Sabine dem Speisesaal zu, begleitet von den wiedereinsetzenden Gongschlägen . . .

Jagdessen und Strafgericht

Einen so festlichen Tisch wie die große Jagdtafel auf Eichenforst hatte Sabine noch nie gesehen. Verzaubert blickte sie auf die kostbaren Gedecke, die im Glanz von vielen Kerzen schimmerten. Die silbernen Leuchter blinkten, und die alten, geschliffenen Gläser schimmerten. Wäre alles winziger gewesen, so hätte es aus dem Reiche Schneewittchens und ihrer sieben Zwerge sein können.

„Träum nicht." Diane lachte. Sie gab der Freundin einen zärtlichen Schubs. „Jetzt mußt du deine fünf oder sechs Sinne beisammen haben. Du sitzt nämlich zwischen Tom und Ulrich!"

„Mit denen werd ich fertig!" sagte Sabine. „Wenn's darauf ankommt, sind solche armen Burschen viel verlegener als so'n scheues Reh wie ich!"

„Na, nun gib aber nicht an!" empörte sich Diane.

Schlagfertig meinte Sabine:

„Wer wird in der Schule angeben? Wer? Hm, hm! Wer sitzt denn als Tischdame neben Prinz Kuckuck und Herrn Steiger? Ha, jetzt wirst du ganz rot!"

„Das macht nur die Beleuchtung", behauptete Diane.

Aber nun wurde es doch ernst und feierlich. Die Herren Jäger kamen aus den Gastzimmern, wo sie sich schick gemacht hatten —, oder, soweit sie im Ort ansässig waren, aus ihren Privathäusern herauf.

In ihrer alten, geschlossenen Kutsche, von der sie auch im Zeitalter des Autos nicht lassen wollte, fuhr die Glockenmüllerin vor. Und wenn der Herr Ministerpräsident der männliche Ehrengast war, so war die Glockenmüllerin der weibliche. Ohne Zweifel: Man hätte es nicht zu wissen brauchen, die stille Würde dieser unvergleichlich liebenswerten Frau sprach für sich.

Sabine lernte gleich eine Lektion „gesellschaftlicher Gepflogenheiten", wie sich Diane geschraubt ausdrückte. Natürlich stammten diese Wortungetüme nicht von ihr, sie hatte sie nur aufgeschnappt.

„Ich meine das, was man bei uns in der Schule ‚Benimm' nennt", flüsterte sie.

Hier verstand man natürlich etwas ganz anderes darunter. Zum Beispiel hatte Sabine gemeint, Ehrengäste müßten nebeneinander sitzen, also der Ministerpräsident neben der Glockenmüllerin.

„Bei solchen Festessen unmöglich!" sagte Diane. „Der höchste Ehrengast kommt immer neben die Hausfrau, also neben Mutter — ihr Tischherr ist also der Ministerpräsident. Und der zweite Ehrengast, überhaupt der älteste weibliche Gast, in diesem Fall die Glockenmüllerin, sitzt natürlich neben dem Hausherrn.

„Und wenn der Ministerpräsident kein Junggeselle wäre, sondern seine Frau mitgebracht hätte?" fragte Sabine listig.

„Ganz einfach! Dann hätte sie neben Vater sitzen müssen!" erklärte Diane. „Und die Glockenmüllerin hätte man neben den Onkel Professor gesetzt."

„Schwierig, schwierig", seufzte Sabine. „Nur gut, daß es nicht alle Tage so feierlich zugeht."

„Das sagt Vater auch immer", sagte Diane lachend.

Sabine hatte schon wieder einen Grund gefunden, mitfühlend zu sein: Der Professor hatte keine Tischdame, der Herr Landrat auch nicht, dafür saß der eine zur Rechten der Glockenmüllerin, der andere neben Frau Bruck, sozusagen „im Schatten" der Ehrengäste. Und der arme Amtsrichter, der recht belämmert dreinschaute (er wußte noch immer nicht, wo seine Jagdflinte geblieben war), der Amtsrichter und die übrigen Herren hatten überhaupt keine Dame.

„Bedenke, es ist ein Jagdessen!" wisperte Diane. „Oft sitzen die Herren völlig unter sich. Es ist schon eine Ausnahme, daß wir geduldet werden!"

„Geduldet?" Sabine schüttelte den Kopf. „Das klingt ja noch schöner!"

„Ist aber die reine Wahrheit", mischte sich Prinz Kuckuck ein, der die letzten Worte gehört hatte. „Schau mal auf die Tafel! Auch Blumen werden bei Jagdessen nicht geduldet, und wären es die schönsten Rosen! Nur Eichenlaub und Tannengrün sind erlaubt! Tja, Sabine, so streng sind die Sitten!"

Man begab sich zu Tisch, und wenn die Sitten auch streng waren, wie Prinz Kuckuck sich ausgedrückt hatte, so waren die Herren doch keineswegs ernst. Im Gegenteil, sie sprühten vor Lustigkeit. Vielleicht lag das aber auch an Kuller-Bertels hervorragendem Braten . . .

Tom und Ulrich überboten sich darin, Sabine die besten und leckersten Sachen zuzureichen. Und Diane wurde von Prinz Kuckuck und Herrn Steiger verwöhnt. Bevor das Eis gereicht wurde, erhob sich der Professor.

„Mir obliegt es", sagte er, „die Tischrede zu halten. Sie kommt ein wenig verspätet, aber die Runde — wenn ich die lange Tafel einmal so nennen darf — ist noch nicht vollzählig. Der Arzt fehlt noch, unser guter Doktor. Da er einen guten Happen zu schätzen weiß und nicht telefoniert hat, er sei durch dringende Fälle verhindert, ist mir seine Verspätung unerfindlich."

„Mir nicht", unterbrach der Landrat trocken. „Zu uns kommt er auch immer zu spät, selbst wenn nichts vorliegt. Beim Umziehen setzt er nämlich immer die Brille ab, dann dauert's eine halbe Stunde, bevor er sie wiederfindet. Ich wette, es ist heute genauso."

Der Professor schmunzelte. „Ich darf wohl sagen", fuhr er fort, „daß ich gerade für solche kleinen Schwächen Verständnis habe. Mir tut es nur leid, daß unser lieber Doktor das gute Essen dann kalt genießen muß."

Wieder unterbrach ihn der Landrat lachend:

„Das macht ihm nichts. Einmal hatten wir schon abgeräumt. Da kam der Doktor. Was tat er? Ging schnurstracks in die Küche, setzte sich da auf einen Stuhl und ließ sich Töpfe und Pfannen reichen."

Die Herren lachten schallend.

Während der Professor einige geschichtliche Jagden erwähnte, mit denen er als Nichtjäger besser vertraut war als die Jäger um ihn herum, beobachtete Diane den Amtsrichter.

„Sagen Sie, Prinz Kuckuck", flüsterte sie. „Hat er sein Gewehr wieder?"

„Nein!" Der junge Mann grinste. „Sieh doch nur sein Gesicht! Ha, paß auf, das gibt nachher eine Hatz, wenn die Abrechnung kommt!"

Diane wandte sich an Herrn Steiger. „Und Sie machen da auch mit! Ja, gucken Sie nicht so unschuldig! Sie hätten ein Gedicht auf mich machen sollen, statt sich den Kopf über unnützes Zeug zu zerbrechen." Schnell fügte sie hinzu: „Ich meine natürlich, Sie hätten über Sabine schreiben können. Ich leg keinen sehr großen Wert darauf."

„Soso." Prinz Kuckuck grinste. „Diane ist nicht romantisch, o nein! Sie würde nie ein Gedicht von Herrn Steiger annehmen! Hi, hi!"

Während ihrer Frotzelei stürmte der Doktor herein.

„'tschuldigung, meine Herrschaften", keuchte er. „Guten Abend, Frau Bruck, guten Abend, Herr Ministerpräsident, guten Abend allerseits ... Vielleicht hätte ich doch noch ein Stündchen zur Jagd kommen können, aber zum Schießen brauche ich eine besondere Brille, und die war partout nicht zu finden."

„Aber Ihren Teller finden Sie auch ohne Brille", sagte der Landrat lachend. „Wir wissen ja: Das ‚Schüsseltreiben' durch das Eßgeschirr ist Ihnen lieber als die Jagd im Forst!" Und er stimmte zusammen mit dem Forstrat, dem Bürgermeister und dem Bachbauern ein Lied an:

„Aus der Pfanne, auf dem Teller
schmeckt das Wild so fein,
da erlegte ich es schneller
als im grünen Hain ..."

Der Doktor ließ sich jedoch nicht beirren, er drohte dem Landrat scherzhaft und widmete sich dann mit großem Eifer von Kuller-Bertel eigens für ihn aufgewärmten Portion ...

Schließlich war es für die Mädchen an der Zeit, zu packen. Sie liefen ins Bügelzimmer, während die Herren sich noch einer Platte herrlichen Kräuterkäses widmeten.

„Ehe die ihre Zigarren angesteckt haben und der Mokka serviert ist, sind wir wieder unten", sagte Diane. „Rasch. Wir müssen lauschen, was sie bei ihrem komischen Strafgericht mit dem armen Teufel machen, dem Prinz Kuckuck die Flinte weggenommen hat."

„Willst du ihm helfen, falls sie es zu schlimm treiben?"

„Klar — und ich hab auch schon einen Plan. Aber du mußt mitmachen, das mußt du mir versprechen. Paß auf ..."

Und sie tuschelten eifrig miteinander.

Als die Mädchen vor dem Herrenzimmer anlangten, war das Jagdgericht schon in vollem Gange. Da die Damen nicht daran teilnahmen, fühlten sich die Jäger ungestört und lachten wie die Kinder. Man hörte sehr viel Unsinn durch die geschlossene Tür. Zum Beispiel hatte der Ministerpräsident auf der Jagd versehentlich ein ganz gewöhnliches, verirrtes Haushuhn geschossen. Man verurteilte ihn dazu, einmal laut „Kikeriki" zu rufen.

„Das müßten die Leute hören", sagte Sabine. „Ein Ministerpräsident, der ‚Kikeriki' schreit!"

„Ein Ministerpräsident ist auch nur ein Mensch", ertönte die Stimme der Glockenmüllerin hinter den Mädchen. Die Glockenmüllerin kam mit der Mutter aus dem Damenzimmer. Kuller-Bertel half ihr in den Mantel, und die alte Dame sagte: „Besser ein lustiger Ministerpräsident als einer, der keinen Spaß versteht. Leute, die keinen Spaß verstehen, sind schlechte Politiker. So, nun auf Wiedersehen, und zu Weihnachten besucht ihr mich, abgemacht?"

„Klar!" riefen Diane und Sabine wie aus einem Mund. Beide strahlten vor Freude. Die Glockenmüllerin ließ durch ihre Worte überhaupt keine Abschiedsstimmung aufkommen.

Als sie gegangen war, wurde es Ernst. Diane und Sabine hörten, wie die Herren das Spottlied auf den Amtsrichter grölten, danach entstand ein offenbar höchst peinliches Schweigen.

„Still, was sagt er?“ Diane preßte ihr Ohr an die Tür.

„Jetzt muß er gestehen!“ meinte Sabine. „Und nun wird er zu irgendeinem Blödsinn verurteilt. Wahrscheinlich zu zweimal ‚Kikeriki‘ oder dreimal ‚Gack-gack-gack‘.“

„Schlimmer“, murmelte Diane.

Laut und deutlich hörten sie die Stimme des Forstmeisters:

„Tja, Herr Richter. Peinliche Sache! Wer soll Sie verurteilen? Sie müssen sich selber anklagen und sich zu einer Strafe verdonnern, die Sie sich selber ausdenken!“

Gelächter verkündete, daß man den Plan offenbar großartig fand. Der Bachbauer wieherte geradezu.

Nun vernahmen die Mädchen die klägliche Stimme des Herrn Amtsrichters:

„Ich bekenne mich schuldig! Ich habe mir eine geladene Vogelflinte stehlen lassen, ich habe geschlafen, während doch gerade der Jäger die Augen offenhalten soll. Reumütig verurteile ich mich dazu — eh — dazu ...“ Jetzt steckte er offenbar in der Klemme. Der Ärmste wußte nicht, welchen Ulk er sich selber zusprechen sollte. Etwa Handstand machen oder unter dem Tisch hindurchkriechen — zum brüllenden Vergnügen des Bürgermeisters und des Bachbauern?

„Nun los, los, los!“ rief der Landrat. „Das Urteil!“

Im nächsten Augenblick flog die Tür auf, Diane und Sabine kamen schwungvoll hereingestürmt. Sie stellten sich neben den verdatterten Richter, der vor Verlegenheit hochrot geworden war.

„Wir kommen als Rechtsanwälte“, sagte Diane mit ihrer lieblichsten Stimme. „Wir verteidigen den Herrn Amtsrichter!“

„Im Namen aller Wildenten, die durch seine Müdigkeit am Leben geblieben sind“, fügte Sabine mit ebenso lieblicher Stimme hinzu. Und wie aus einem Munde sagten beide:

„Wir beantragen Freispruch!"

Der erste, der die Sprache wiederfand, war der Landrat. „Ja, der Donner!" rief er. „Was ist denn das für ein Überfall? Was haben die Küken hier beim Jagdgericht zu suchen?"

„Fragen Sie lieber", sagte der Professor lächelnd, „fragen Sie lieber, was die Mädchen wollen! Höchst interessant: Sie verteidigen den Angeklagten!"

„Und nicht schlecht!" Der Ministerpräsident lachte. „Mein lieber Forstmeister, ja, und Sie, Herr Forstrat, in Ihren Wäldern wachsen scharfsinnige Rehe heran ..." Hiermit meinte er Diane und Sabine. „Im Namen der am Leben gebliebenen Wildenten beantragt ihr Freispruch für den Angeklagten? Famos, famos! Ich schließe mich an! Herr Amtsrichter, was sagen Sie?"

„Von der Seite hatte ich die Sache allerdings noch nicht betrachtet!" Der Richter mußte nun auch herzlich lachen. „Na, dann darf ich mich freisprechen!"

Die Herren klatschten Beifall, und die Mädchen warfen besonders Prinz Kuckuck und Herrn Steiger triumphierende Blicke zu. Der Forstmeister war sehr stolz auf seine Tochter, als der Ministerpräsident liebenswürdig hinzufügte:

„Es wird mir eine Ehre sein, zwei so patente junge Damen im Wagen mitzunehmen."

Nun, einen schöneren und sieghafteren Abschluß dieser herrlichen Tage hätte es nicht geben können. Zwei Mädchen mit Herz und Schneid hatten rauhe Waidmänner ins Bockshorn gejagt. Und ihre weibliche List war sogar noch gerühmt worden ...

Was heißt Jagd auf englisch?

Mittwoch fing die Schule wieder an.

Ein bißchen müde kamen die Freundinnen in die Klasse. Sie hatten Sabines Mutter am Abend noch genau von allen Ereignissen berichtet. Diane hatte ihren Königinnenkranz und die breite Schärpe über ihr Bett gehängt.

Immer wieder mahnte Sabines Mutter:

„Jetzt muß endlich Schluß sein mit dem Erzählen. Morgen könnt ihr weiterreden."

Die Freundinnen fanden kein Ende. So war ihnen an diesem Morgen das Aufstehen recht schwer gefallen. Richtig verkatert hatten sie am Kaffeetisch gesessen und

waren dann mißmutig mit den Schulmappen losgezogen . . .

Über der Klassentür hing eine dicke Girlande.

„Was ist los?“ fragte Diane. „Hat Krümelchen Geburtstag?“

Krümelchen hieß eigentlich Frau Dr. Kruhme und war ihre Klassenlehrerin.

„Soviel ich weiß, erst im Februar“, antwortete Sabine, die ja länger in der Schule war als Diane.

Die ganze Klasse war schon da. Fritzi Sommer, die Klassensprecherin, schoß mit einem dicken Strauß aus Dahlien und Sonnenblumen heran.

„Dreimal hoch die Schützenkönigin!“

„Hoch, hoch, hoch!“ riefen die anderen und drängten sich um Diane.

Das war doch allerhand! Woher wußten sie die Geschichte schon?

„Woher?“ rief Fritzi lachend. „Na, hör mal, von der Abendschau natürlich! Wir haben dich alle gleich erkannt und fanden dich großartig. Stimmt's, Kinder?“

Ein einziges Ja-Geschrei war die Antwort der Klasse.

Diane sank auf die Bank zurück und starrte Sabine an.

Die Abendschau im Fernsehen . . . die hatten sie über all dem Jagdtrubel auf Eichenforst versäumt . . .!

Da kam Krümelchen zur Tür herein. Niemand hatte das Läuten gehört. Noch einmal mußten Sabine und Diane kurz berichten, dann meinte die Lehrerin:

„Schluß jetzt! Wir wollen etwas lernen. Diane, fang an! Wie heißt Jagd auf englisch?“

„Hunting!“ erwiderte Diane prompt. Na, wer sollte das besser wissen als sie — die „Jagdgöttin von Eichenforst“?!

Weihnachten auf Eichenforst! Sabine ist begeistert, denn so schön hat sie es sich nicht einmal vorstellen können: mit Schlittenfahrten durch den tiefverschneiten Wald und einer Überraschung vor der Haustür am Neujahrsmorgen.

Und während der Pfingstferien lernt der Rest der Klasse das Forsthaus kennen. Diane ist sehr stolz, denn Eichenforst wird zum Ziel eines Klassenausflugs gewählt. Die Mädchen können es nicht abwarten, Dianes ungewöhnliches Zuhause endlich kennenzulernen. Aber dann gibt es eine große Aufregung — ein Teil der Schülerinnen verpaßt den Zug, der sie nach Eichenforst bringen soll. Man wartet vergebens auf sie, und Krümelchen, die Klassenlehrerin, wird immer nervöser . . .

Von den aufregenden Erlebnissen der beiden Mädchen und ihrer Klassenkameradinnen erzählt das nächste Diane-Buch:

Diane hat viele Freundinnen

In einem Internat in den Bergen spielt das Buch

Stefanie Zweig

Eltern sind auch Menschen

176 Seiten, mit Zeichnungen von Erica Hempel

Niemand kann sich seine Eltern aussuchen. Lizas Eltern sind Schauspieler, sie leben getrennt. Liza ist es leid, von ihren Mitschülern ständig über ihre berühmte Mutter ausgefragt zu werden — denn der Ruhm ist es, der ihr die Eltern nimmt. Zu ihrem 12. Geburtstag wünscht sie sich, in ein Internat zu kommen. Der Wunsch wird erfüllt, sie kommt in eine Heimschule bei Brixen.

Hier muß sie sich in eine Gemeinschaft einfügen und erkennt, daß auch andere Kinder Probleme haben, oft schwerere als sie. Dabei helfen ihr Land und Leute in Südtirol, vor allem der Bergbauernbub Luis und Bello, der Bernhardiner. Bello wird sogar ihr ganz besonderer Freund. Schließlich lernt Liza auch ihre Eltern verstehen und ihren Beruf, die Schauspielerei.

W. FISCHER-VERLAG · GÖTTINGEN